葱茏直上石头坡

卜庆祥 著

百年矿山生态恢复奇迹现场目击

辽宁人民出版社

图书在版编目（CIP）数据

葱茏直上石头坡：百年矿山生态恢复奇迹现场目击 /
卜庆祥著 . — 沈阳：辽宁人民出版社，2024.6
ISBN 978-7-205-11162-5

Ⅰ . ①葱… Ⅱ . ①卜… Ⅲ . ①报告文学—中国—当代
Ⅳ . ① I25

中国国家版本馆 CIP 数据核字（2024）第 094525 号

出版发行：辽宁人民出版社
　　　　　地址：沈阳市和平区十一纬路 25 号　邮编：110003
　　　　　电话：024-23284325（邮　购）024-23284300（发行部）
　　　　　http://www.lnpph.com.cn
印　　刷：辽宁新华印务有限公司
幅面尺寸：145mm×210mm
印　　张：6
插　　页：10
字　　数：200 千字
出版时间：2024 年 6 月第 1 版
印刷时间：2024 年 6 月第 1 次印刷
责任编辑：阎伟萍　孙　雯
装帧设计：留白文化
责任校对：郑　佳
书　　号：ISBN 978-7-205-11162-5
定　　价：68.00 元

美索不达米亚、希腊、小亚细亚以及其他各地的居民为了得到耕地，毁灭了森林。但是，他们做梦也想不到，这些地方今天竟因此而成为不毛之地。

《自然辩证法》弗里德里希·恩格斯（1820 — 1895）

我们要深怀对自然的敬畏之心，尊重自然、顺应自然、保护自然，构建人与自然和谐共生的地球家园。

2021 年 10 月 12 日习近平在《生物多样性公约》第十五次缔约方大会领导人峰会上的主旨讲话

目录

001　/　楔子

008　/　开篇

011　/　现场一：城东·城东南

027　/　现场二：城东南

050　/　现场三：城南·城东

073　/　现场四：城西南

087　/　现场五：城东·城东北

122　/　现场六：城东偏北

149　/　全场域：从城西南到城东北

154　/　一切过往，皆为序章

169　/　大事记（1998—2023）

184　/　主要参考文献

楔子

　　向阳寨位于海城市东北方向 16 公里处，隶属甘泉镇。据记载，早年此地曾有三处泉眼，泉水翻涌，清冽甘甜，当地人称之为"三泉"，后用作地名，改称"甘泉"。清初于此设置兵铺，20 世纪 60 年代以前出生的人，还习惯叫它"甘泉铺"。

　　在鞍山还有不少叫什么什么铺的地方，比如城南的长甸铺。三人为一铺，是为清代的兵营设置。十人为一驿，亦然。

　　向阳寨的水质好，有口皆碑，村里人不生怪病，长寿者大有人在。

　　因北依山冈，坐向朝南，又传说曾为唐王东征时的营寨，向阳寨故而得名。

　　向阳寨聚落北依低山，东、南丘陵环绕，呈不规则状，面积 3.4 平方公里，汉满杂居，经济作物以家果为主，出产一种石料。

　　直到 2007 年 11 月下旬的一个清晨之前，很少有人对这个小村庄有更多的兴趣。河里的水在流，路上的车在跑，南来北往的旅人匆匆而过，它看上去太不起眼，还不至于驻足、流连。

这里从来没发生过爆炸性新闻或戏剧性事件。村民们安于清贫而平静的生活：春种、秋收，喝酒、打扑克、推麻将、看电视、串门、张罗红白喜事、聚在小卖店嗑瓜子榛子扯家长里短。有重大节日的庆祝活动他们更会参加，迎接由上至下的各种检查也不含糊……

但是，11月的最后一个星期日——25日的早上，死神突然降临，一场灾难毁灭了这个无辜的小村庄。

当天的清晨并无不祥的征兆。四面的矮山在微茫的晨光里，黑黪黪，青虚虚，如一幅连环的剪影。

偏东的天空有一颗孤星在闪烁。

而西天边悬挂的一轮残月，薄如蝉翼，黯淡无光。

在巨大的危险即将到来之际，散落在山坳间低矮的村屋一片寂静。

枯寂的冬日，北方乡村的生活迟缓而慵懒。每个太阳高照的日子，扃牖开闭的声音很晚才会听到。石头堆砌的院墙和稀疏的栅栏不易察觉地移动着杂乱的阴影。人们还躺在余温尚存的火炕上，没有一丝灯光映出几何图形的玻璃窗外，屋脊上孤零零的烟囱也没有飘出淡蓝色的炊烟。

偶尔有犬吠，有鸡鸣，零零星星，稀稀落落，隐隐约约。

大多数村民正在从香甜的睡梦中醒来。

据气象数据，海城当日4时至8时之间，天气偏暖。这是人类燃烧化石燃料向大气排放大量温室气体所致。专业而具体的描述是这样的：无云，最高气温 10℃，最低气温 2℃，小时气温为 4.1℃ 至 4.9℃，相对湿度在 65% 到 80% 之间，两分钟的平均风速在 3.2 米至 4 米之间。

又是暖冬。小山村的温度和湿度都与村民们认知的冬天有较大的差异。

5 时 50 分，冷酷的死神张开了黑色的斗篷，容积约 15 万立方米的泥流和水流，顷刻之间席卷了位于一座尾矿库下游约 2 公里处的向阳寨。

据 1994 年由哈尔滨地图出版社出版的《鞍山地名词典》记载，向阳寨全村有 1018 人，其中汉族 1009 人，满族 9 人。

而据新华社鞍山 11 月 25 日电，"这个拥有 980 人的村落，建在低洼处的 33 间房屋被冲毁，造成 6 人死亡，7 人失踪，17 人受伤"。

报道称，大水紧接着冲向了更下游的蔡家堡，造成粮食、车辆被冲走，但所幸没有造成人员伤亡或失踪。

蔡家堡也在海城市的东北方向，只是相距较之邻村向阳寨近了 1 公里，因清顺治年间移民而形成村落，村中以蔡姓居多。《鞍山地名词典》记载，村子面积较小，仅 2 平方公里，人口 607 人，其中汉族 604 人，满族 3 人。

灾难发生的几个小时后，即 25 日下午 1 时，新华社记者在尾矿库溃坝现场看到，汹涌的泥流在流经大约 2 公里后，冲到下游最靠近的一个村庄（即蔡家堡），该村建在低洼处的几十间房屋被全部冲毁。

该消息援引现场救援人员的话说，发生溃堤的是海城鼎洋矿业公司的一个铁矿尾矿库。它建在一个半山坡上，属于尾矿库类型中的傍山型尾矿库。

尾矿库的类型还有山谷型、平地型、截河型等。

灾难场景的还原是这样的：在大约100米宽、10多米高的尾矿库的土坝中间，溃决出一个十几米的大口子，形成的泥流顺势而下，向低洼处冲去，在山下的庄稼地上冲出了一条宽约80米的泥河。

泥流在冲出2公里以后，无情地涌入了它遇到的第一个村庄——甘泉镇的向阳寨。这个小村庄建在低处的多处房屋顷刻被冲毁，几棵二三十米高的参天大树被连根拔起，随即又被掩埋。

由此可见，尾矿库的选址存在着致命的隐患。它的土坝理应横亘在村庄的下游。否则就是一块悬浮在小村庄上空的巨石，随时有坠落的危险。

救援人员介绍说，向阳寨受灾最为严重，已造成10户人家33间房屋冲毁，有人员死亡和失踪。

至当天下午天色渐晚之时，现场的搜救工作仍在紧张进行，向阳寨的低洼之处仍淤积着大量泥流，赶来救援的武警战士和消防人员在村民的引导下，沿泥流的走向对失踪人员进行不间断搜救。

建在向阳寨高处的小学校被临时建成事故救援指挥中心和受灾安置场所，小学校院内停满了各类救援车辆，十几间教室也被分成救援部、灾民安置点等。

前来救援的武警战士和消防队员以十人左右为一组，头戴钢盔，身穿防水衣，由熟悉地形的村民带路，冒雨在淤泥中寻找失踪人员。向阳寨的民兵也在现场有组织地搬运浸水的粮食和家具等。

从海城、鞍山调来的十余辆挖掘机，加紧疏通堆积在村里的淤泥。泥流造成向阳寨断电，一些电线被冲断，电线杆倾斜。

至当晚8时，增援队伍还在源源不断地赶往两个受灾的村庄，平板车拖着新到的挖掘机艰难地向现场行进。救援人员表示，搜救工作将连夜进行，他们不会放弃任何一丝希望。

又据新华社鞍山11月26日电，记者当日下午从海城尾矿库溃堤救援指挥部获悉，救援人员刚刚又找到了3具失踪者遗体。至此，灾难造成的死亡人数已升至10人。

据现场搜救总指挥介绍，继26日11时许找到一具男性遗体后，当天13时20分、15时和15时20分，救援队员又分别找到一具女性遗体、一具儿童遗体和一具暂时无法辨认的遗体。这些失踪者被找到时，基本被较深的泥浆掩埋着。

目前，现场还有数百名军民在对最后3名失踪者进行搜救……

呼喊声、哀号声，在暗夜中交混、流散。

新华社的消息中数次提及了一个名词：尾矿库。它似乎是灾难的策源地，犹如一头凶残的怪兽，张开嗜血的巨口，吞噬了生命、房屋、树木、道路、田地……

然而，客观地说，尾矿库没有原罪。它始终与矿山相伴共生，有矿石的开采，就有矿石的选别，进而排出尾矿，最终堆积存放形成尾矿库。

所说的尾矿，是指矿山开采出的矿石，经过选矿厂选出有价值的精矿后排放的"废渣"。

尾矿在矿石中所占比重很大，颗粒细，且含有暂时无法处理的有用或有害的成分（包括多种药剂），如随意排放堆积，不仅会造成稀有资源的流失，大面积侵占农田，淤塞河道，还会严重污染环境，危害人类的身体健康甚至是夺走鲜活的生命。

也就是说，将尾矿妥善贮存在尾矿库内，就像将怪兽装进了金属笼子。

还有，矿石的选别用水量非常大，通常每处理 1 吨原矿耗费水 4—6 吨（有的重力选矿用水量甚至高达 10—20 吨），如此多的水伴随尾矿排入尾矿库，在库内进行自然净化和化学澄清后再回收循环利用于选矿（一般回水利用率在 70% 以上），既可以平衡枯水季节水源不足的供水补给，又可以将对环境的危害降至最低点。

尾矿库大多通过筑坝拦截谷口构成，颇似建设水库、电站。用专家的话说，它是一处具有高势能的人造泥石流危险源，在长达数年、数十年间，各种自然的（如雨水、地震、鼠洞等）和人为的（比如年久失修、管理不善、责任心缺失等）不利因素时时刻刻或周期性地存在溃坝危险期。一旦失事，极易造成重特大事故，给工农业生产及下游居民的生命财产带来巨大伤害和损失。

遗憾的是，警示不是总会产生效应，悲剧的大幕每每如期拉开。正如向阳寨。

开篇

鞍山城区的西南方有一座奇峰，酷似马鞍。鞍山一城，因此峰得名。

其实，那座奇峰更像一个女神，圆润的额头，挺直的鼻梁，如瀑的秀发……横陈大地，仰望苍穹，安详的，静默的，甚至是怡然自得的。

鞍山地势东南高西北低，多低山丘陵，欧阳修《醉翁亭记》开篇一句：环滁皆山也。套用之，环鞍皆山也——城中有山，城外有山，山外有山，千峰竞秀，山峦起伏，诸峰环抱，峰峦叠嶂。

鞍山是名副其实的鞍山。而且，鞍山的山是大山的山、群山的山。鞍山境内最高峰，当数岫岩帽盔山，海拔约 1141 米；次之为海城一棵树岭，海拔约 931 米；又次之为千山主峰仙人台，海拔约 708 米。

鞍山多山，陡峭且嶙峋之山峰近百座。其中最著名者当数千山，地处城区以东，峰秀、石峭、谷幽、庙古、佛高、

葱茏直上石头坡

松奇、花盛，素有"东北明珠"的美誉，闻名天下。清左都御史姚元之游历千山，不吝诗句赞美之："欲问青天花数朵，九百九十九芙蓉。"

千山号称有九百九十九座山峰。

鞍山的山，山中藏宝。千山余脉绵亘城区南北和东部边缘，大地构造隶属于华北地台及华夏、新华夏构造体系，其东部为辽东半岛隆起带背斜，西部为下辽河断陷，鞍山正位于其间的复合部位，主要出露地层为鞍山群、辽河群、震旦系、寒武系、侏罗系。著名的鞍山式铁矿即赋存（这是一个专用名词，泛指矿藏的蕴藏和储存量）在鞍山群茨沟组、大峪沟组及樱桃园组的地层中。

鞍山的大山之中，铁矿、菱镁矿、滑石矿的储藏量雄居全国之首。玉石、煤、石油、石灰石、石墨、大理石、硅石、黏土等也储量可观，驰名中外。

（东北地区的大型矿体主要分布在鞍山。其中的铁矿区主要指鞍山的矿区，它蕴藏丰富，矿体分布甚广。

鞍山地区的铁矿床属于震旦纪海沉积变质大型铁矿床，矿体赋存集中完整，规模巨大，绵延数十公里，覆盖层得天独厚，大多数宜于大规模机械化露天开采。目前也是全国储量、开采量最大的矿区。

本溪的南芬、歪头山有一部分。再就是有一小部分矿床分布在吉林通化附近。）

上苍眷顾。大地垂青。

在最繁华的火车站广场为中心二十多公里的半径内，鞍山坐拥十余个大型矿区，铁矿资源得天独厚，千年冶铁历史源远流长。

鞍山，从某种意义上说，因矿而生，因山而名，因铁而兴，因钢而富。

在历史的深处，鞍山曾被称作"钢都""铁都""满洲工业之宝""满洲重工业的根干"。它是中华人民共和国当之无愧的重工业的脊梁、钢铁工业摇篮，也是公认的共和国工业的长子。

城东·城东南

　　齐大山镇地处鞍山城区的东北角，南连千山风景区，东邻采石场，西接沙河，早先有8个聚落呈蚕状的村屯，人口逾2万，汉、满、回、朝鲜等民族混居。一旦提及它，人们大多都会省略掉那个"镇"字，直呼"齐大山"。鞍钢集团矿业公司齐大山铁矿（简称"齐矿"）就匍匐在这座小镇之上。

　　从城区中心向东，驶上千山风景区方向的公路，千山中路—千山东路—鞍千路—樱山路，到达它"亓"字形的水泥材质的厂门，大约只需要半个小时或四十分钟的车程——距城区就是如此之近。

　　道路坑洼不平。几日来的连雨天，又使穿越樱桃园村的路段更加颠簸。车子拐来绕去，与迎面驶来的一辆辆巨型自卸车擦肩而过。这些运送排岩、尾矿和铁矿石的钢铁大家伙，轰鸣着，呼啸着，从尾部的排气管响亮地喷出蓝色的烟雾，形同猛兽出笼，浑身挂满泥浆，虎虎生风。棱角分明的轮廓早已模糊，不仔细辨认，几乎看不出它们的外观涂漆是红色、褐色、黄色，或是别的什么颜色。

通往矿区的道路被一条条铁轨斩断。

7月的阳光与坚硬的铁轨碰撞，晃动着刺眼的焊接电弧般的强光。

气氛中有一种莫名的紧张感。

铁路道口的尖顶扳道房如孩子们用积木搭建的别致玩具。但成人的玩具可不是童话里的小木屋。它的周围立着无数铁管、木杆、水泥柱，上面是形状各异的提示标牌。其中醒目地写着：一停二看三确认四通过。威严的黑体字印在土黄色的长方形标牌上。

红色、绿色、黄色……戴着黑灰色防雨罩的信号灯交替地眨着外凸的眼睛。它的每一次闪烁都是漫长而焦急的。在长龙般的火车徐缓地从矿区驶出或驶入以后，"当啷当啷"的铃铛声在嘈杂的混声中，恍惚得宛如从几百米深的矿坑中传出来。

厂门有岗，查验，出示证件，矿区犹如军事重地般，所有的出入皆受到管制。

车子驶入厂部宽敞的大道，路两旁的草木活泼得像下了课跑到操场上的小学生（巴黎凡尔赛宫的院子里也有类似造型的植物，只不过在这里随处可见：正方形的，长方形的，圆柱体的，球状的，三角形的……）。

绿树婆娑，草坪茵茵，一棵棵行道树年轻而挺拔。而那些错落的厂房，连接的管线和运送矿石的高倾角可转向全封闭胶带运输长廊，都隐没在令人赏心悦目的层层叠叠的绿幔之中。

车窗外，路肩上，陈国宽正跨在人字梯上修剪巨伞似的、金灿灿的金叶榆。围着梯子的几个人也穿着与他同款的米色工装，弯腰拾捡剪断的树枝。

来的路上，同车的赵丽平女士说，陈国宽算绿化（队）的老人儿，不是一般人，人可能干了，那"东山包"排岩场啊，以前寸草不生，他带人用土篮子种树，给树打滴流（输液）……老绿化队队长，可能干了。

矿业原有八所幼儿园，齐大山选矿幼儿园、齐大山铁矿幼儿园、眼前山铁矿幼儿园、大孤山铁矿幼儿园……每个幼儿园有百八十个孩子，起初只限对内招收矿山职工的孩子入园，后来青年职工越来越少，加之也不怎么愿意生孩子，便逐渐面向社会招生。重组、合并、调整，勉强维持到 2016 年年底，最后的三家幼儿园也不得不关闭。在矿山幼儿园系统工作 32 年的赵丽平，不再做大孤山幼儿园的园长，调到矿业生产服务中心（现名"鞍钢矿业综合产业发展分公司"，以前叫"鞍钢矿业生活协力中心"。以下统称"生活协力"）的新岗位。

她不无伤感地全程见证了"企业办社会"的终结。

陈国宽灵巧地跳下梯子，快步直奔过来。约莫一米七三的个头儿，鼻梁上架着一副半框镀锌眼镜，裸露在短袖上衣外的胳膊粗壮黝黑；疫情警报还没有完全解除，央广的"中国之声"每天清晨都在及时播报世界各地包括国内的新增新冠的确诊病例，不断有新的死亡纪录被刷新。

生命从未变得如此脆弱，生活从未如此惶恐。

不过，陈国宽的口罩只是象征性地勒在下巴上，露出黑洞洞的鼻孔和弯曲的嘴巴，脸形稍长。他侧着脸与我说话，声音里带着沧桑，神色和姿态已不能用"年轻"两个字来形容了。哈腰钻进刚刚停在路边的旅行车，他坐在了司机背后靠窗子的座位上，接着下意识地把裤腿撸到膝盖处，脚穿仿麂皮的旅游鞋，露出半截儿白线袜。

车子掉了个头，原路返回厂部那个年代感很强的水泥大门。照例还是检查，即便几分钟前刚刚检查过。

过了厂大门，车子重新颠簸起来。一丛一丛的蜀葵高挑地生长在路边，旋转着绛紫色的花盘。

手机响起，彩铃是南斯拉夫电影《桥》的主题曲，雄壮，恢宏，阔大。陈国宽摘下白线手套撳键接听，左腕上晃动的黄铜色的腕表表链，布满划痕。

手表的分针差不多转了一圈，车到"矿山生态园"的第一道大门前。大门里面还有两根横杆在拦阻着来访者。

面对探寻的目光，陈国宽说，一会儿进了园区，我们边走边聊——他会说到他腕上的手表和插在上衣兜里的手机。虽然那不是什么秘密，但他心中不无自豪，都是捡孩子用过的。

陈国宽与他的妻子同是矿上的职工，五十岁那年，利手利脚的她光荣退休。他1963年生人，她小他一岁，生肖属龙。

绿化队的队员都知道陈国宽家有贤内助。不论多晚回家，总有一桌热气腾腾的饭菜在等着他。

一次妻子病倒了，陈国宽忙完手里的工作，匆匆赶到医

　　　　　　　　葱茏直上石头坡

院。病床前，望着妻子消瘦的脸庞，从不轻易落泪的陈国宽眼睛湿润了。他在心里默默请求熟睡的妻子原谅他这个不称职的丈夫。在医院守了一夜，第二天他又重新回到了忙碌的绿化复垦现场。

陪伴是最好的爱。但在那个节骨眼儿上，他无法做到。

他们的儿子，几年前在千里之外的中原名城郑州成家立业。不知孩子是否还记得，2002年正值调军台选矿厂种草坪栽树苗的紧要关头，爸爸一天到晚长在了绿化复垦工地，往往是早晨还没睡醒，爸爸的水车已经开得不见影了。当时孩子正上小学三四年级，父子二人经常见不上面。

陈国宽的左上衣口袋插着一支透明塑料盖的碳素笔，紧挨着笔，郑重地别着一枚金属质地的鲜红的中国共产党党徽。他很健谈，有着20世纪60年代出生的人特有的气质：谦逊、谨慎与和善。他时常翻起白眼掰着指头算，顶多还有两年，二十多个月，他就要退休了。他挂在嘴边的一句感叹使用频率很高：干不了多长时间了。所有听到这句话的人几乎都情不自禁地为他伤感。

2000年，陈国宽到"生活协力"绿化分公司齐大山矿绿化队上班，3年后晋升为队长。之前，他在绿化队开水车。

当队长可不比当队员，一字之差，"那可差老了"，没有管理工作经验，面对激烈的市场竞争和高标准的服务要求，他犯愁了，上火了。

边干边学，一步一个脚印，从抓管理入手，将责任落实到人，勤勤恳恳，扎扎实实，"生生给勒出来了"。

记得2004年，天气异常干旱，为保证树木和草坪的成活率，他每天起早贪黑，和大伙儿一起吃住在现场。抗旱期间，他一边率人去海城南台、西柳搬运树苗子，一边带头栽树、浇水。他乐意走在前头，干在前头。人手不够，他拉开门就登上了水车，还笑着对人说，又干我的老本行了。

工作时间过长，一铆劲儿就干十二三个小时，得不到适当休息，他的高血压病常犯，头晕得东倒西歪的。在别人看来，这种情况应该及时休息，可他只仰脖吞了几片降压药，又继续干了起来。检车、开车、设备修理，哪儿哪儿都能看到他晃动的身影。

回顾过往，按陈国宽的话说，总体不错。也就油然而生一种依依不舍之情，他说："总觉得活儿没干够啊！"

他的家在鞍山城北的立山太平，从20世纪50年代末至90年代中期，那里建起了一个又一个中小规模的工厂，鳞次栉比，烟气蒸腾，与密集的工人住宅区混杂交织，以至于工厂巨型烟囱喷吐的浓烟与住家房顶上的袅袅炊烟一起写意地涂抹着灰蒙蒙的天空。一位前来国家工厂采风的诗人不明就里，月圆之夜，爬上高高的东山之上，为眼前的景象所迷惑，还用优美的诗句描绘了那片玫瑰色的天空。

一老本实的陈国宽没有那么多的诗情画意。以前上下班骑自行车，现在开私家车，但无论怎样，每天早上他总会在六点半以前到班；一个人，这走走，那看看，琢磨接下来的一天，干什么，怎么干，谁去干。年复一年。

强将无弱兵。绿化队里比学赶帮超蔚然成风，队员们每天也至少在七点半前陆续到班，全队十一名队员，在全矿大概是上班最早的一拨人。

绿化队的装备也说得过去，两台水车，一台132卡车，一台1.5吨的农用车。

绿化队也不仅仅姓绿，矿区内与他们能刮扯上的活儿，都上手干。比如那辆132卡车，什么都拉，杂物、垃圾、废料……如陈国宽所说，活儿干得杂。他又说，干点活儿累不着。

正是基于这种认识和境界，他带领的团队表现优异，区域负责管护草坪17万平方米、乔木5万多株、灌木40多万株、花卉30万株。其中维护的草坪被评为"示范绿地、示范草坪"。

国家环保总局和鞍钢集团对他及其伙伴们在矿山绿化维护方面的工作给予充分肯定。

陈国宽还以代表的身份光荣地参加了一次鞍钢矿业的党代会。

车子如风浪中的小船。坐在后排的赵丽平女士不时插话。她说话的表情与不紧不慢的语调很搭，笑起来眼镜后面的眼睛眯成了一条缝。初次见到她的人会认定她的发福与她的年龄有关，不过看上去还是比实际年龄要年轻一些。她属羊，来年五月即将退休。

她与陈国宽不仅仅是相识那么简单。

坐在前排的陈国宽大声地说着过去与现在，其间又转头冲着赵丽平说话，似在求得认同。他对她一会儿叫"老妹"，一会儿又更亲昵地唤作"丽平"。对此，赵丽平的注解是，她家里有两个哥哥，陈国宽是她二哥的同学，小时候没少到她家串门，还一起到矿上的山上玩。他们两家都住在立山的那种外楼梯的简易楼里，相隔不远。他们的父辈都在矿上干活，纯粹父一辈子一辈的交情。

　　车子从齐大山选矿厂厂部出来，沿着一条名为"七王线"的"L"形公路一直向西南方向行驶。这条鲜为人知的专用公路，有一段是相对平坦的山谷，然后是丘陵，接着是30度以上的坡路，斜插入十几里的矿区和即将消失的村庄，横穿过一条铁路精矿线。沿途，一人多高的灌木丛，婆婆娑娑，在风中起舞。

　　深藏矿区的"七王线"连接着两座超大型矿山：齐大山铁矿和眼前山铁矿。

　　车子停在关宝山下。关宝山也曾是一个村庄的名字。

　　一山，有石砬，其状如关闭之门，故得名关门山，海拔约337米，后改名关宝山。小村庄地处关门山山麓，西北依眼前山，铁矿开采筑路，将村子一分南北；早年全村面积不过2.64平方公里，村前有河，村居散落，人口不足800人，汉、满、蒙古三族杂居，曾有村办制钉厂、拔丝厂各一个，主产高粱、蔬菜等。地处城郊接合部，与谷首峪村、黄岭子村、忠新堡村、山印子村、七岭子村等5个村庄以及8个社区相邻。

矿藏勘探到哪里，挖掘机的履带就碾压到哪里；铁矿采掘的风镐在哪里发疯地吼叫，哪里的人们就只好另谋栖息之地。

如今，关宝山村只存在于泛黄的地名词典里，村民移迁他处已是一二十年前的往事。

关宝山，也已不是曾经的那个关宝山了。

荒山秃岭的关宝山，已经没有了采掘的价值，变成了一片废弃地，没有炊烟，没有鸡鸣，没有田畴……经过人力与机械的规划、平整，满目的疮痍全然覆盖在取之于小村庄的泥土之下了。

一个在人类文明的进程中，被人类对资源和能源的索取所吞噬的村庄。

车轮下的沙石路稍显泥泞，低洼地段的浊水还没来得及渗入地表以下，倒映着晴朗的天空。路两边的倒梯形沟渠有一米多深，似人工抛撒了一层石灰，满沟是昨夜的雨水，无波无纹，泛着鸭蛋青色。再往两旁，右侧是比路基略高的几十亩平地，齐刷刷地栽种了上千棵银杏、梨、杏、磨盘山楂、榛子等苗木，左侧是七八十度仰角的山坡，比三层楼还高，间隔有序地培植了三四拃长的棉槐苗。

棉槐，学名紫穗槐，又名棉条、穗花槐。据资料，它性耐寒、耐旱、耐湿、耐盐碱，抗风沙、抗逆性极强，在荒山坡、道路旁、河岸、盐碱地均可生长。

陈国宽走上山坡，躬下身，用手轻轻抚摸幼苗，像工人抚摸车床，像农夫抚摸稻子，像士兵抚摸钢枪，满面春风，满腔欢喜。

路在尽头，折向一个"之"字形的盘山路。

七月，骄阳在尽情地燃烧，旷野在无边地蒸腾，微风轻拂，万物摇荡。一棵棵棉槐，绿意盎然，井然排列，在布满岩石、沙土和杂草的山坡上，像身着盛装站在音乐厅台阶上的孩子，兴奋地抖动着娇嫩的叶片，齐声高唱生命之歌。旋律悠扬，歌声回荡，激情澎湃。

陈国宽滔滔不绝地说着，但说得最多的还是棉槐的习性，他盛赞它的耐旱，生命力顽强。

在荒山秃岭上栽培这种茎叶含有一种特殊气味的植物，是他们费尽心思琢磨出来的门道。

从山体和矿坑剥离排放的岩土，相对来说，或可言是生土，较之熟土，它冥顽不化，拒绝索取，不含养分，草木不受。

"刚开始都是人用编织袋扛土，现在用上了钩机（挖掘机）。"陈国宽一句话将时间拉回到十五六年前。当时，他们手提、肩扛、车拉，用扁担、土篮、推车，从附近移迁的村子挖来熟土，覆盖在生土之上，厚度通常不低于30厘米。但人力整饬的边坡非常脆弱、娇气，稍经风吹雨淋，不是水土流失，就是滑坡塌陷。

一个世纪以来，人类活动的强度大大地超过了自然界本身所具备的天然修复能力，当我们给地球的创伤止血，让它的伤口结痂，进而筋骨归位、皮肉愈合时，却发现这绝非一朝一夕可以做到的事。

葱茏直上石头坡

矿山废弃地生态恢复的核心，是土壤的物理、化学性状的修复。而要获得修复的成效，首当其冲的是必须解决土壤的问题，否则生态恢复就是水中捞月。

"以前总讲多拉快跑，以多生产为荣，把生态环境给忽略了，弄得哪儿都冒烟咕咚暴土扬场的。我们现在干的就是把矿山开采破坏的那部分，用我们最大的努力去修补，或者叫弥补一些损失。往远了说，是为子孙后代造福；往近了说，就好比我们一个家，把屋里收拾好了，窗明几净，住着心情也好。我们给子孙后代不用留钱，环境留得好，一样。"陈国宽发了一通颇有高度的感慨。

说着，"上上顶，老妹。"陈国宽又对随行的赵丽平显摆道，"去上顶看才好看呢。"

"上顶"为土话、俗话，大致是"上面""顶上"的意思。

说话间，跟随陈国宽前倾的背影，我们从"之"字形的盘山路绕上坡顶。

木筏状的云朵遮住了接近正午的烈日，凉风从坡底翻滚上来，额头上的细密汗珠也被吹干了，衣袂飞动，双肋生风。

一身夏装的陈国宽如两军阵前的大将军，一一指点，数叨着他们的绝活儿：

木槽式栽培——把用木头方子钉的"凹"字形木槽，埋入边坡的坑中，填入熟土，栽上树苗；用这种方法往往在土质最糟糕的边坡最见效，还节省了大量的回填土；

编织袋栽培——用可降解的编织袋装土，在其中播种草籽或栽上幼苗；

柳条筐栽培——在状如苹果筐的柳条筐内装土，埋入坑中，种上植物。

"柳条筐是捡果农废弃的，我们找人回收了来，算是废物利用。苗在柳条筐里安了家似的，长得又高又壮。"陈国宽加了这样一条生动的注解。

这些方法的运用，主要是针对山体、植被遭受严重破坏的土壤和极其贫瘠的岩土堆、荒山坡。解决土质含碱量大才是其突出的课题。

破解难题，陈国宽他们可谓无所不用其极——浇水、用保湿剂、输营养液，还用上了有机农家肥。

至于那些土质稍好的山坡，大自然又显示出了强大的自身修复能力。

"有心栽花花不开，无心插柳柳成荫。撒的草籽不愿活，野生的籽才好使，野籽播上了，用不上三五年就绿草满坡了。"咧着嘴笑的陈国宽说出了一段充满哲理和诗意的话。

站在坡顶一眼就望见了路对面的那片果园。有几十亩地，有上千棵树。

一顶金色宽檐草帽在蔫巴巴的树苗间晃动。

鞍山与鞍钢（"双鞍"）将双方共建的绿色矿山复垦示范园选址在了关宝山，并在去冬的启动仪式上栽种了第一批树木，以期携手打造"青山常在，绿水长流"的美丽鞍山。

按照《鞍钢矿山生态修复三年规划2020—2022》的总体部

葱茏直上石头坡

署，将对 9 座矿山进行系统性生态修复，完成治理面积 434 公顷，种植树木 340 万株，实现矿区环境生态化、开采方式科学化、综合利用高效化、矿区社区和谐化的"四化"目标，不断提升鞍钢矿山的"绿色颜值"，鞍山民众有望更好地生活在绿水青山之中。

那片果园就是矿山"绿色颜值"的组成部分。

果园正在缓苗。果树忍受着烈日的灼烤，树下的土地发出刺眼的白光。

戴金色宽檐草帽的是穿着米色工作服的巡检员。对植物的病虫害，他必须随时掌握并及时报告。

在红色和黄色土壤混杂的坡顶，摆放的 4 个 50 吨至 20 吨容量不等的巨大银色储水罐，在阳光的照射下熠熠发光，仿佛天外来客的座驾。

陈国宽说，有了它们，我们的劳动强度就减轻多了。跟以前没法比，那时候全靠人用桶拎水上山浇树苗，现在只要打开阀门，通过埋在地下的管道就可以直接把水送到边坡上或者果园里了。

坡顶向东的另一端，在赭石色矿山的场景投射中，一辆辆巨型的"钢铁怪兽"缓慢地爬行在碎石遍布的盘山路上，运送着从矿山深处剥离的岩石、残土。它们大口地喘息，直径比一个成年人还高的车轮卷起红色的沙尘。它们渐行渐远的背影，仿佛即将消失在已经锈蚀的 20 世纪的某个年代。

坊传，邻邦对我们的矿山开采非常眼红，甚至提出购进废弃的尾矿……

那些尾矿经过他们的重选，能从石头变成铁矿石？

又传，早年邻邦的钢厂欲购买我们的粉尘……

但愿，一切都是猜想和臆断。

不过，或许我们可以将之作为一种警示：珍惜不可再生的矿藏，节制资源、能源的开发以及对乱采滥挖的反省。

车子向南。一块巨大的蓝色路牌一闪而过：金家岭。

齐大山镇南端的一个村子的所在地。

据传早年一金姓人家迁居至岭南的山坡上。山岭因金家而得名。金姓一直是村里的大姓，不过他们不是朝鲜族。

山环水绕。时近中午，车子出现在鞍钢矿业生态园的门前。一条长长的拱形长廊从生态园的入口一直向园内伸展而去。绿植编织的拱顶，浓荫匝地，叫不上名字的藤蔓瓜果在两侧攀爬，到处挂着绿帐子似的。山葡萄、南果梨、山楂、杏梅、苹果、核桃、板栗、野生猕猴桃（软枣子）、山核桃、向日葵、冷杉、云杉、樟子松、金银木、柞树、刺槐、火炬树、皂角树……俨然一个绿色的乐园。

还有几片泛绿的水塘。陈国宽说，水塘的功能就像刚才在坡顶看到的那些银色的罐子，水塘里的水是用来浇灌这些树木花草的。

生态园飘荡着果实成熟的味道，有的还很浓，呛鼻子；很多树下落着果子，有的已经发酵。经过杏树下，可以嗅到果酱的酸味儿。几个面裹纱巾的女人，正围坐在杏树下往筐里抠杏核。在北方，杏分苦瓢杏和真瓢杏，后者可以当干果零食吃，还可以送到中药铺去。

拱形的长廊如绿色的长龙，在生态园中游动，把一片一片的绿地连接起来；太阳光透过绿片的间隙，斑驳陆离地散落在长廊的地砖上。在长廊中穿行，如同误入了迷宫，没有向导在身旁，会被这弥望的绿色所迷惑。

在一栋小楼中，有一张航拍的地图，清晰地显示出多年来矿山生态修复的阶段性成果。从点到块，从块到面，从面到片。从小楼的窗子，极目远眺，扑面而来的是千山风景区秀丽的山峰，新绿、淡绿、浅绿、深绿、墨绿……盎然的绿，无疑是这里的主色调。

谁会相信，这里曾经是一片废弃地，到处坑坑洼洼，堆满岩土、废渣、垃圾，草木不生。

陈国宽一直乐得合不拢嘴。他说自己是一个知足主义者，已干了多年绿化复垦，末了，看着这些花草树木就知足。

从小在矿山子弟学校上学，后来又在矿上上班，他自诩比自己的父亲强。他父亲在矿上当木匠，给矿坑做木头支柱。不过那矿坑支柱不是小方小料，是枕木一样的大料。锯呀刨呀，也挺累。日本人开矿的年月条件非常简陋，用轳辘车从小铁道上把矿石从坑里推上来。父亲活着的时候总叨念："你看看现在啥样？"

他认为自己赶上了好年头。

陈国宽心中有一面父辈的旗帜。

在绿树掩映中，有一尊球体雕塑显得很特别，上刻三个大字：和谐园。落款：鞍钢矿业生活协力中心大矿复垦纪念。

陈国宽说，这是我们 2005 年立的，治理好这块地都过去十五六年了。

昔日荒凉的排岩场。

当时的"生活协力"中心班子成员，左起副经理吴殿印、副经理解自肃、副经理黄克宇、党委书记王常谦、经理胡猛和工会主席陆忠凯在大孤山排岩场绿化复垦现场。

时任"生产协力"中心经理胡猛和绿化分公司班子成员在眼前山铁矿希望广场。左起分别为魏利、王忠宇、胡猛、马德生、庞宝胜、魏宏贺。

眼前山铁矿绿化复垦工程竣工后，时任"生活协力"中心经理胡猛（后排左十）和绿化分公司参与工程建设人员合影留念。

时任绿化分公司班子成员在绿化复垦工作现场。

多年奋战在排岩场上的绿化公司干将们。左起为时任支部书记魏利，各绿化队队长吴斌、关军、孙振刚、褚庆堂和王志博（右二）、张忠礼（右一）以及绿化公司副经理魏宏贺（右三）。

时任齐大山铁矿调军台选矿厂绿化维护队队长陈国宽。

宝刀不老的陆忠凯在关宝山铁矿排岩场绿化复垦现场指导栽树。

現場二：

城东南

夏天为何变得可怕？

英国《卫报》2021年7月30日的版面用了这样一个标题。文章说，本月初，加拿大经历了有史以来最高气温——49.6摄氏度；月末，美国俄勒冈州南部的大火仍在燃烧，西伯利亚和欧洲南部的部分地区也陷入火海。与此同时，欧洲西部和中国突发破坏性洪水后，清理工作仍在继续。

为什么夏天变成了可怕的季节，我们应该如何刻不容缓地从中汲取教训？

英国《经济学人》周刊2021年7月24日刊登了标题为"气候变化危及全球"的文章，也谈到了几乎相同的话题。文章说，过去几周在世界各地上演的壮观的破坏性场面，整个世界都感到了危险，而且大部分确实很危险。6年前，世界各国在巴黎承诺通过迅速削减所有温室气体排放，从而将气温升幅控制在2摄氏度以内来避免气候变化的最糟糕阶段，但进展严重不足。即便各国都兑现了承诺，但今后几十年气温仍有可能比工业化前上升 3 摄氏度，这使热带大部分地区可能变得更热，人们无法在户外工作……

中东著名媒体卡塔尔半岛电视台，2021 年 7 月 28 日在网站上报道，上万名科学家警告，地球正在逼近多个气候临界点。

报道称，曾签署一项宣布全球气温紧急状态倡议的 1.4 万名科学家在 7 月 28 日出版的美国《生物科学》月刊上发表文章说，科学家用"生命体征"来衡量地球的健康状况，他们发现在 31 项指标中，有 18 项达到了创纪录的高点或低点。

气候，乃至人类的未来，令全世界的智慧大脑们无比担忧。

确实，曾经的阳光灿烂、繁花似锦、万物狂欢的夏天，突然变得让人陌生，让人生畏，让人无处可逃。

回到现实也是如此，太平洋上台风"烟花"的作祟，也改变了我们的生活，打乱了许多人的如意算盘。

还有德尔塔病毒的粗暴潜入，更是难辞其咎。

2021 年的夏天反常，雨水连连，至少也有半个月的时间。北方七八月的干燥、凉爽，成为人们曾经的美好记忆。

难得一个没有雨的天。在成行的前一天的晚上，赵虹还在为天气忧心忡忡，她在手机里说，如果明天阴天下雨，"东山包"就去不了了，那里遇到雨天会停电。

我揿下手机按键，在心里默默祈祷。

翌日，阴天是阴天，雨神玄冥却没有光顾。

坐在一辆黑色 SUV 副驾驶位置上的赵虹，戴着淡蓝色的口罩，时常侧身回答我的提问。一早在公司开了一个会，她便匆匆赶来。

几天前的闷热、高湿仿佛一扫而光。习习凉风灌满车厢，阴天的一大惬意之处，就是光线柔和。还有，人似乎比往常更加兴奋。

赵虹出生在 1960 年代的最后一年，1990 年代初从学校大门步入工厂大门，起初在鞍钢矿建工作，后调转"生活协力"。身材娇小的她，从鞍钢矿业摆下矿山绿化复垦的纹枰开始，就是一枚举足轻重的棋子。她当年的上司胡猛也做出过类似的评价。

2002 年 4 月，赵虹被选派到眼前山铁矿绿化广场项目负责技术工作。白天，她在施工现场忙碌，晚上回到家里画图纸、查资料。为使规划、设计更合乎实际，那个娇小的身影一趟趟出现在现场。

大孤山铁矿"东山包"排岩场复垦现场的供水管线安装，十分紧急，从出图、施工到交付使用，只有一个月的工期，赵虹积极协调，及时反馈信息，及时沟通情况，及时解决问题。

后来的眼前山铁矿"矿业广场"、黄岭子边坡复垦、大孤山铁矿综合楼广场景点建设、齐大山选矿厂焙烧炉拆扒绿化、东鞍山上山公路、活性灰厂厂区的绿化，生生把她变成了全能战士，往返于各部门之间，画图、送规划、变更图纸、现场签证、绘制工程网络图……工程竣工，还有结算、报表、归档等工作在等她。她既当工程师，又当办事员。

十年光阴，赵虹投射在了童山濯濯的排岩场、尾矿库（坝），先后荣获"鞍钢先进生产工作者""鞍矿优秀青年标兵"等称号。

"我不是总在一线，在公司做规划、计划、预算、结算工作。写开工报告、办各种手续，往各部门跑协调工程上的事，一头一尾的活儿。"她的嗓音被车外的风声和杂音所冲淡，甚至可以用微弱来形容，说到过往她似乎在刻意轻描淡写。

从矿工路往东，拐向上石桥方向，越过环市铁路的一个道口，车在渐渐狭窄的沥青路面上行驶。道路两侧低矮破旧的红砖民居，只有在城郊的这种地方才看得到。它们没有统一规划，没有大致相同的样式，正的正，斜的斜，高高低低，随意而凑合。与它们相比，灰蒙蒙的矿山厂房、办公大楼如鹤立鸡群。各种安全提示语、警示牌时不时从路边闪出、划过，透露出的那种威严甚至能读出它们的大声呵斥。大门口架着黄黑相间的横木杆，表情冷峻的门卫倒背着双手。有不少树木点缀在大楼前和院子的角落里。沿途有好几家出售丧葬用品的小商铺，摆在路边、挂在门楣和窗罩上的纸花，散发着衰败气息，期待着敬献给挣脱苦厄的亡灵。还有至少两家石料场，其中一家制作的雕栏、墓碑和石狮子，一直堆到了院子门口。藏红色大牌子的称重中心。几辆进口红色消防车停在一个有门岗的大院子里。

这条疲惫的道路，每天穿梭着不计其数的满载矿藏的重型卡车。

不过，一进入矿区，人的感受就是内外两个世界，判若云泥。道路整洁，景色宜人，芳草萋萋，鲜花连片。这里终于对外开放了。但正在恢复中的矿山生态非常脆弱。赵虹说，路的左侧曾是堆积如山的排岩场，眼前却已辨认不出，放眼望去灌木和矮树晃动着，缠绵得不亦乐乎。在道路右侧原生态的土丘反倒没有那么多的绿植，树木稀疏，荒草丛生。

赵虹触景生情说，你没看到原来那满山的大石头，复垦的时候，能破碎的填炸药炸了，能推动的用推土机推走了，大个儿的，实在没辙，搬不动的，就做成了景观石。你看，那块石头，做得多漂亮。

她用手向车窗外一指，接着又说，我们啊，欠账太多，但这一二十年我们越来越重视环保，建设环境友好型社会成为全矿上下的共识。

赵虹沉吟片刻，转过脸来，这个好理解，就像一个家，饭都吃不饱的时候，哪有心思琢磨装修房子啊！她抒发着感慨。

黑色的SUV爬上一段坡路，往下一拐，进入了一条漂亮的浓荫满地的机动车路，在火炬树、槐树、松树、榆树，还有一些叫不上名的树的夹道欢迎中，轻快地行驶着。

仅仅一个多月，我第二次来到"东山包"。

"东山包"是一个习惯性的称呼，在宣传册、文件或面对媒体的正式名称却是"鞍钢矿业生态园"。

我们在鞍钢矿业生态园门口泊车。没有见到一个人。从生态园门口的展示长廊望去，饱饮雨水的园区，笼罩在一片轻雾之中。井然有序，静谧安详。

展示长廊爬满了野葡萄藤，从藤叶间，垂下一串串已经成熟的果实。抽抽鼻子，有葡萄粒儿的清香。护卫长廊的红果海棠，结满了拇指大的红果，一嘟噜一嘟噜，煞是好看，忍不住探手捏了一把。

"东山包"，大孤山铁矿97万平方米的一个大排岩场。

15年前，刚开始规划绿化复垦时，赵虹就来过现场，正值冬天，昨天还在满地打滚的巨石，好像一夜之间安静下来，落了厚厚的积雪，她在心里嘀咕，这儿能种树吗？就是种草也长不出来呀！

没办法，想办法，一个笨办法，没办法的办法，但很实在、很有效。

胡家庙村发现了铁矿，村子迁徙走了，赵虹他们就把村子里的土——客土，挖运过来。

客土，一个很书面的名词，从别处运来的泥土（是人类迫使小村庄的泥土背井离乡，客居他乡。泥土与小村庄骨肉分离，天各一方）。

这是一种工程物理治理修复法，被称作"客土法"。早在20世纪60年代，日本中部富山县神通川地区的农田受到镉（稀有元素，化合物可用于铁、钢、铜的电镀防腐）的污染，就采用了"客土法"，向被污染的土地中添加洁净的土壤，降低土壤中污染物的浓度或减少污染物与植物根系的接触。

在人们想到治理修复土壤的"客土法"之前，曾采用过植

　　　　　　　　　　　　葱茏直上石头坡

物修复技术，顾名思义，用栽培植物的方法来减轻或降低受污染土壤所受到的伤害程度。但植物修复法的局限也在实践中得以印证。

而将"客土法"与植物修复技术结合起来，修复受到污染的土壤，可以大大地提高效率和效果。

但是，日本中部富山县神通川地区被镉污染的大片农田，直至20世纪90年代末期，还有一大半没有彻底修复。

展示长廊悬挂着一块块的展示板：图片、图表、饼状图、柱状图、文字。穿行其间，赵虹客串起了博物馆、美术馆、爱国主义教育基地或廉政警示教育馆那样的讲解员。

鞍山地区有详尽明确文献记载的铁矿石的勘探和开采，始于20世纪20年代——日本对中国的殖民统治和资源的大肆掠夺。据不完全统计，从1918年至1945年，贪婪的占领者从鞍山及其辽阳弓长岭地区攫取铁矿石不少于30000万吨。

风闻，日本货船从殖民地海运回本土的矿石无处承载无处堆放，不得不倾倒在海湾或海岬里。

在浩瀚的宇宙之中，地球是一个硕大无朋的铁球。

据权威部门提供的数据，就全球的铁矿资源分布来看，北半球多于南半球，占60%以上。而北半球的铁矿资源又以欧洲最为丰富。其次是南美洲、北美洲、大洋洲。

据2021年的统计数据，全球铁矿石原矿储量为1800亿吨，且多集中澳大利亚、巴西、俄罗斯、中国、印度、美国、加拿大、乌克兰等国家。其中，我国的铁矿石原矿储量全球占比为 11.11%，位列第四位。前三位的占比，澳大利亚 28.33%，巴西 18.89%，俄罗斯 13.89%。

相关国家的具体数据如下：

澳大利亚原储矿量 510 亿吨、含铁量 250 亿吨、平均品位 49.02%；巴西原储矿量 340 亿吨、含铁量 150 亿吨、平均品位 44.12%；俄罗斯原储矿量 250 亿吨、含铁量 140 亿吨、平均品位 56.00%；中国原储矿量 200 亿吨、含铁量 69 亿吨、平均品位 34.50%；印度原储矿量 55 亿吨、含铁量 34 亿吨、平均品位 61.82%；加拿大原储矿量 60 亿吨、含铁量 23 亿吨、平均品位 38.33%；乌克兰原储矿量 65 亿吨、含铁量 23 亿吨、平均品位 35.38%；

……

世界铁矿的总资源，按含铁量计算为 1964 亿吨，其中工业储量为 930 亿吨。亚洲的铁矿资源相当贫乏，总量为 171 亿吨，工业储量只有 102 亿吨，仅高于非洲，全球排名倒数第二。

而我国是世界上最大的铁矿石需求国。尽管自有铁矿储量较为丰富，但受资源禀赋差、贫矿多富矿少等因素的制约，资源开发利用率不高，有效供应能力偏低，多年来对外依存度达 80% 左右。据了解，全球范围内的铁矿石被国际四大矿山高度垄断，占全球贸易量的近 70%。从冶金工业规划研究院提供的数据显示，2012 年至 2019 年，国际四大矿山（铁矿石业务）EBITDA 合计 17350.5 亿元，是我国重点钢铁企业利润总额的

2.6 倍。

为此，我国有针对性地实施了"基石计划"，即《全国矿产资源规划（2021—2025）》，将铁矿石列为国家战略矿产资源，以解决钢铁产业链资源短板问题。

相对来说，"新鞍钢"的矿业史不是很早，但它有1948年红色政权控制北方钢铁名城以来恢复生产最早的铁矿山。

具有百余年开采历史的鞍钢矿业，目前已有9座大型铁矿山、8个大型选矿厂、2个球团厂4条200万吨球团矿生产线、1个360平方米烧结矿生产线和4座生产石灰石、锰矿石的冶金辅料矿山，掌控矿产资源量达286亿多吨、铁精矿产量达3000万吨，是中国铁矿行业掌控铁矿石资源最多、产量规模最大、生产成本最低、技术和管理全面领先的铁矿行业的龙头老大。因掌握矿产资源总量雄踞全球之冠，被外媒誉为"钢铁粮仓"。

在采掘总量上，从1940年代末至今，鞍钢矿业已总计生产铁矿石约18亿吨，生产铁精矿6亿吨，位居世界第二，是"共和国钢铁工业长子"鞍钢集团的重要原料生产基地。

目前，鞍钢矿业总占地面积7907.72公顷。其中在鞍山地区所占面积为6280.05公顷（矿区占地5696公顷、辅助厂区占地138.06公顷、其他占地445.99公顷），铺陈之大，举世罕见。

然而，百年矿山开采史的骄傲，也因受限于当时的特定历史条件和生产工艺，重开发轻保护，重建设轻维护，对矿产资源采取粗放式利用方式，没有对排岩场、尾矿库（坝）采取系统性、有计划、有步骤的生态恢复措施，欠账越来越多，给所处地区的自然环境和生态环境造成了切肤之痛、锥心之伤。

寸草不生。物种绝迹。

山阿般迤逦的排岩场、尾矿库如同地球母亲的疮痍，堪比月球的荒凉。

有两个闻之骇然的数据：经过百年的开采，矿山占用、破坏土地植被总面积不断扩大，鞍山城郊从东北到西南依次排列的齐大山、胡家庙、眼前山、大孤山、东鞍山、西鞍山等几大铁矿开采区，形成四大采场、五大排岩场、六大尾矿库（坝），影响范围至少在150平方公里。由于城市的发展，外延市区和矿区已经相连，矿区对市区形成半月形包围圈，寸草不生的乱石山、滩、坡在矿区随处可见，暗红色的尾矿粉尘，笼盖四野。

总体说来，围绕鞍山、辽阳等城市周边，各矿区形成了占地2094公顷的排岩场和占地1669公顷的尾矿库，曾经在媒体上被称之为"人造沙漠"，一度成为城市的主要污染源之一。

什么概念？巨大的数据限制了我们的想象力。经换算的所占面积，占地2094公顷的排岩场相当于100个北京鸟巢，占地1669公顷的尾矿库相当于80个北京鸟巢。

地球母亲的疮痍，成为这座"因矿而生、因山而名、因铁而兴，因钢而富"的工业城市，发自心底的愧疚和寝食难安的心腹大患。

从 20 世纪 90 年代开始，鞍钢矿业开始"摸着石头过河"，尝试着铺草、种花、栽树，但大自然的愤怒之火还没有熄灭——仁厚和慷慨没有换来应得的敬畏与感激。

种草不见绿，栽树不见林，狰狞的石头漫山遍野。

新千年伊始，鞍钢矿业整合了所辖的福利处和生活服务中心，成立了鞍矿生活协力中心，吹响了重塑矿山面貌大会战的号角。

或有必要提及，鞍钢矿业的探索和实践始于党的十八大提出"五位一体"建设之生态文明建设的 12 年前。

2000 年，世称"千禧年"，又名"千福年"，这一源于宗教教义隐含的末世意味的悲情，也被跨世纪的喜悦和期待所取代。

这一年也是百年矿山大规模复垦绿化的元年。

沙场秋点兵，赵虹也在阵列之中。

人们习惯称呼的"东山包"，原本是大孤山铁矿占地 97 万平方米的排岩场，堆放着百年来采矿过程中剥离的岩石和残渣，总堆积量至少有 6 亿多吨。

2002 年 4 月 23 日，世界地球日的第二天，有媒体刊发了记者采自现场的报道：

资源丰富的鞍山几十年的铁矿开发带来明显的负

面效应，其中最为典型的是在鞍山周边形成了30多平方公里的排岩场和尾矿库，这个全国最大的排岩场和尾矿库内几乎寸草不生，就像一个人工造就的巨大沙漠。昨日，记者来到了这个特殊的环境，感受到全力保护资源已经迫在眉睫。

据了解，排岩场就是堆放采矿过程中被淘汰的岩石场地，而矿石被开采出来后，要进行选矿，选矿淘汰的粉末就是尾矿，存放这些尾矿的地方就被称作尾矿库。废弃的矿粉粉尘进入人体，对人体构成伤害，也会使农作物减产……另外，尾矿库和排岩场侵占了大量土地，使森林、耕地面积减少，尾矿库的渗透水含有多种有害成分……

昨日，记者来到200多公顷的大孤山尾矿库，犹如身临荒无人烟的红色沙漠，一片死寂，没有一棵草木，生命在这里已经到了尽头。风起时，红色的矿粉就会飘向天空，随风进入市区、田地，留下一片灰尘。

一位在附近生活的老人说，每到春天，狂风卷起沙尘，他们无法出门，狂风过后，房子内外到处覆盖着厚厚的矿粉，地里的庄稼、蔬菜都成了一片红色，晾晒的衣物都得重洗。一位果农说，因为粉尘污染，他的果树难以受粉结果。

记者还在附近的杨柳河看到，这条曾经水草丰美的河流已经被严重污染，排放的选矿水早已经让河

　　　　　　　　葱茏直上石头坡

水变红，没有鱼类生存……

满目疮痍，不堪言状。

严酷现实，不忍直视。

那么，一百年间，大孤山铁矿山又经历了怎样一个沧海桑田的嬗变呢？

在鞍山城郊东南，曾有一座兀立的孤山，山下一小村庄，名大孤山村。

1910 年 5 月，"满铁"（全称"南满洲铁道株式会社"）的一队实习生到千山游览，同来游玩的还有"满铁"副总裁国泽新兵卫和南满地质调查所所长木户忠太郎等人。在从千山归来的途中，国泽新兵卫在下石桥附近意外地捡到一块类似鞍山铁矿的流石（山谷中被水冲下的石头），于是猜测自己的脚下也可能有同样的铁矿床。

下石桥也是一个小村庄的名字，坐落在千山山麓。村头有一座石桥。以石桥为界，一上一下，分为两个村落：上石桥和下石桥。

国泽新兵卫的猜测不无来由。

早在沙皇俄国以"租借"名义侵占辽东半岛、修筑东清铁路的南满支线时，曾将鞍山附近的铁矿石破碎用作铺路碎石，只是当时并没有引起人们的注意。

1905 年日俄战争的奉天大战前，攻击首山和辽阳附近俄军的日军 34 联队所属橘大队，奉关谷联队长之命，在汤岗子以西行军时，迷失了方向，晕头转向中，贻误了战机。究其原因，系军用指南针两次失灵。由此，橘大队的大队长推定是地下的铁矿石的磁力所致。

在国泽新兵卫心生猜想的一年半以后，即 1911 年 12 月，满铁地质调查所的小林胖生和加藤直三奉命开始调查那块意外拾到的"流石"的究竟。

一天，二人从东清铁路（1920 年起称"中东铁路"）的汤岗子火车站下车，边走边勘察，在一条河对岸的大孤山下，发现了大块的矿石。于是顺藤摸瓜，从西北方向朝着矿石的裸露部分，顺着矿藏的延伸带，一直爬到山顶，环顾四周，"发现大孤山是一个厚达 200 米的大矿床"。

二人供职的满铁地质调查所，原为"满铁"兴业部地质课，与"满铁"总社同时设立。1938 年 4 月 1 日，该所转归为"满洲国"，改称"满洲帝国地质调查所"。

国泽新兵卫猜测的"鞍山铁矿的流石"，是指在他来千山游玩的前一年，即 1909 年的 8 月 16 日，属下木户忠太郎和加藤直三接受东北一地方政府的委托，勘查汤岗子附近的饮用水水脉时，走到一座寺庙（娘娘庙）前发现的一块铁矿石。

据木户忠太郎忆述，自己看见娘娘庙西南方向的丘陵之上有黑色的石头，就询问过路的中国人，得知该山名"铁石山"，"乃前往勘察，经查确系铁矿并有磁性"。

所谓的"接受地方政府的委托，勘查汤岗子附近的饮用水水脉"为木户忠太郎自话自说，其真实情况是不是"满铁"掩

葱茏直上石头坡

人耳目的假辞，暗地里却进行秘密勘探，进而巧取豪夺，便不得而知了。

果不其然。

1916年9月，"满铁"物色了一个叫于冲汉的中国人作为代理人，通过经济、外交和军事等手段，以低微的租金，强行收买包括大孤山铁矿在内的8座矿区的1.4万余亩土地，并以所谓"中日合办振兴铁矿无限公司"名义，在大孤山矿区设立采矿所。

在浩如烟海的"满铁"档案中，辑录有于冲汉的日记，有关学者对于冲汉与"满铁"关系的描述大致如下：

于冲汉（1871—1932），辽阳县人，年轻时就读于保定莲花书院，清末秀才，精通日俄朝三国语言，曾赴日本并在东京外国语学校教授汉语；日俄战争期间，任办理辽阳西部巡警事宜、辽阳交涉局局长，与日本军方多有勾连。1912年以后任奉天交涉使和张作霖的对日外交顾问。作为东北地方势力的代表人物，此人既熟悉日本军政两界，也是奉天地方军阀、官僚买办资本与日本军政、国家资本沟通的桥梁和纽带。在"满铁"攫取鞍山铁矿开采权过程中，于冲汉是最主要的策划人和实际执行者，从初始筹划设立就深度参与其中。于冲汉官至"满洲国"监察院院长，殒命于大连。

一块流石改变了一个孤山的命运。

一座矿山又改写了一座城市的历史。

提及大孤山铁矿，给人最直观的印象就是大孤山矿坑。

综合《鞍钢史（1909—1948）》等文献和资料的记载，大孤山铁矿山位于鞍山市区东南约9公里的千山之麓，矿区中心地理坐标为东经123° 03′ 32″，北纬41° 03′ 09″，占地面积达32万坪（一坪为3.3057平方米），即约10.6平方公里，素有"十里铁山"之称。俗称的"大矿"是一座较为典型的深凹露天铁矿，主要产品为磁铁矿，平均地质品位33.6%。

起初，大孤山铁矿山是一座名副其实的山，山体海拔为287.4米。也就是说，大孤山矿坑的所在地，在1921年进行大规模开采之前，绝非我们今天所看到的模样。

据木户忠太郎等人1920至1921年的地质勘探调查报告，该矿床长约1000米，平均厚度200米，下层是片麻岩质花岗岩，上层由绿色片岩构成。矿石为赤铁、磁铁石英片岩，呈缟状结构，平均含铁量为37%。矿区储藏量达1亿多吨，以每年开采80万吨计算，可连续开采120年。1926至1931年该矿共开采400余万吨。

"大矿"系露天采掘，从1916年4月开始，日本人用1859年发明的并在第一次世界大战期间广泛应用的液氧炸药对矿体进行爆破。

时时响起的爆炸声不分昼夜地在大孤山村回荡，地动山摇，墙体晃动，村民们担心自家的房屋承受不起震动。

1930年代中期，曾经的山陵被夷为平地，至1945年，"满铁"以杀鸡取卵的方式，从"大矿"总共挖走了1000万吨铁矿石。

倭寇败走，无序动乱中的"大矿"基本处于停产状态，直至鞍山解放后的1948年6月才匆忙恢复生产，并成功地开采出红色政权掌控下的第一车铁矿石。东北全境硝烟散去，1949年11月大孤山铁矿正式挂牌成立，年产铁矿石70万吨。1954年，在全国支援鞍钢的热潮中，"大矿"开始大规模扩建……

"大矿"的生产工序流程为：穿孔——爆破——采装——运输（汽车运输、铁路运输、胶带运输）——破碎——排土，矿石直接输送选矿厂，岩石则送往排岩场。

又经过七八十年的不间断开采，如今的大孤山矿坑，呈倒锥体形，深度难测，沿矿坑的山体，是螺旋状的矿道，远望如层层梯田，蔚为壮观。行驶在矿道上单辆售价至少2000万元、载重量上百吨的巨型运输卡车，如蠕动的瓢虫，如缩小的火柴盒。大型的矿山机械设备，如细铁丝搅成的模型；矿坑的坑沿东西长1600米，南北宽1620米，矿区面积1.7692平方公里，至2022年，已有5个作业区的"大矿"，采剥总量已增达618.8万吨，矿石量469.2万吨，矿石品位27.03%。

同时，矿坑的深度也从海拔287.4米达到负390米以下。从一座平淡无奇的小山到一个不堪名状的巨型深坑，或许可以作为对亚洲最大露天铁矿最无力的描述。

据有关资料，威名赫赫的大孤山铁矿已垂垂老矣，现进入了露天开采的末期；在从海拔287.4米到负390米的采掘进程中，共采出矿石3亿多吨、剥离岩石8亿多吨。

在大孤山，传扬着一家三代矿工的故事。胡东汉、胡英杰和胡广海，爷儿仨的人生经历，构成了一座铁矿山的百年沧桑史巨。

爷爷胡东汉，原名胡万俊，1916年9月生，与百年矿山同庚同月，现年107岁。据老人回忆，20世纪50年代中叶，大孤山还是一个山包，是名副其实的山。他每天步行去碴子面，向上攀爬，至少要耗时30分钟——登高110米，才能到达碴子面，采场的海拔为186米。

20世纪60年代末，大孤山已挖成了一个凹坑，称之为山已名不副实。父亲胡英杰每天徒步去碴子面，向下走盘梯，至少经过5段阶梯——每段阶梯12米，才能下到碴子面，采场的海拔负15米。

21世纪的第一个十年过去后，大孤山彻底成为深凹式露天开采的典范。每天，胡东汉的孙子胡广海乘车去碴子面，以每小时30公里的时速向下盘旋，需耗时20分钟才能抵达碴子面，采场的海拔已经在负390米以下。

一家三代矿工的"采场之路"，从一个侧面，浓缩了一座百年矿山的变迁轨迹。

开掘矿山、矿坑，采选含量勉强的铁矿石，那些剥离岩石和废弃的残渣呢？

运送，并堆放在"东山包"。

"东山包"曾经也不是一个山包，它是一处山坳，有树有草有溪流，形同北方无数座小山的模样。

经年累月，终于变成了一个平面面积97万平方米的排岩场，相当于110个标准的11人制的足球场、1880个标准的5人制的篮球场。

从一锹一镐一土筐开始，赵虹所在的绿化队采用"客土法"，从搬迁的胡家庙村运来泥土，回填覆盖在乱石堆和残渣之上，厚度达30至50厘米（坡面处达80厘米），然后种树铺草。

在外围，他们选种枝叶茂密、绿荫如盖的槐树等北方常见的树种。因为它们对二氧化硫、氯气等有毒气体有较强的抗性。还有火炬树，这个来自欧美的树种，耐寒，耐干旱，耐湿，耐盐碱，可以在沙土或砾质土中快速地生长，与排岩场的土质是绝配。

在内围，他们以栽植果树为主。

走在绿意葱茏的矿山生态园，遇到了一个在长廊中逡巡的人，看样子与赵虹很熟。他叫李辉，鞍钢资源生产服务中心绿化服务区副主任，一身绿色卡其布工装，敞着怀，两条上衣袖子挽到胳膊肘。表情怯生生的。属于北方大汉的那种仪表。赵虹说，李辉的办公地点在矿上的绿化服务区，但服务区实行领导包片管理，具体到班级，也就是绿化队。从2014年开始，李辉的一部分工作职责就落在了"东山包"。

每一个工作日，李辉最迟在早上6时10分从立山深沟寺的家中自驾车往"东山包"来。风雨无阻。他1967年出生，1984年入厂，已有36年的工龄。20多年前，"东山包"就是一座由灰色岩石堆成的山头，连一棵小草的痕迹都搜寻不到，风刮起来，两米以外什么都看不见，就是一个石头山。曾几何时，几乎没有人相信排岩场的绿化复垦是一个能够完成的任务。但也正是站在石头山上的那一刻，李辉下定了征服"东山包"的决心。

一干二十多年，排岩场上滚石松动、土源少、水源少，树木难以存活等诸多难题被一一破解。偌大的矿山生态园仿佛是一个植物多样性的范式，东北能栽活的所有树种都有，1000 左右种，果树 3900 多株，葡萄 1700 株，乔木灌木 11 万株，"说它是一个植物园也不为过"，李辉说。

当年他们到处找树，东北的不少地方都去过了。有两棵核桃树，树的主人不舍得出售，赵虹软磨硬泡，终究得逞。"那两棵树可好了，哪次来我都去看看。一会儿还得去看看。"赵虹笑着，脸上似乎还挂着对那两棵核桃树主人的歉意。她五官小巧受看，头发比常人稍浓密，不过，也有了几根白发。

矿山生态园的中心地带，有一幢方方正正的二层小楼，赵虹称它为"会议室"。里面果然是会议室的标准摆设，桌椅、瓶装水、宣传册、会标和超大屏电视，与电视正对着的是一幅鞍钢矿业在鞍山地区的航拍分布图。鞍钢矿业所属的西鞍山铁矿、东鞍山铁矿、大孤山铁矿、眼前山铁矿、齐大山铁矿和鞍千矿业、关宝山矿业、东鞍山烧结厂、大孤山球团厂、齐大山选矿厂，以及西果园尾矿库、大球尾矿库、风水沟尾矿库等，尽呈眼前。

"上级领导来矿山生态园就在这儿看电视宣传片。宣传片是公司给做的。"赵虹接着介绍说，大孤山铁矿的绿化复垦在鞍钢矿业公司的总体部署下，一步步地推进、展开。这些年上了十多台推土机，平整场地 20 多万平方米，开辟南果梨园 2 个 5 万平方米、李子园 1 个 3 万平方米，大孤山及外围绿化 5 万平方米。又开来矿车，运土 8 万立方米，人工清理石头 1000 多车，排渣 1000 多立方米……

"我们修建的供水管线有 5000 多米。进入冬季也没休息，栽下梨树 1000 棵、其他大树几千棵，成活率 95% 以上。对了，我们生态园是园中有园，还有矿产品园、苹果园、杏树园、枣树园、蔬菜种植园……"赵虹异常兴奋，如数家珍。

在二层小楼身后，有一片梨树，结满了成串的莱阳梨，有成人拳头大小，赛过小瓜，青绿，透着汁水饱满的光泽。紧挨着的一大片南果梨树，枝杈上的果实也挤挤插插的，这时的"鞍山特产"只有鹌鹑蛋般大。

又转到前几日陈国宽带我来过的那片林子，冷杉、云杉、樟子松……指给我看的赵虹，突然被飞虫眯了眼睛。她垂首揉着眼说，当年我们刚来这儿的时候，连只鸟都没看着，啥活物都没有，耳边直呼呼地刮大风，听着闹心。

赵虹此言，或是对逝去的 20 年光阴的闪回。

一阵奇异的味道冲入鼻孔，是草味。是倒伏在割草机下的青草散发的味道。

赵虹想起了大商场大超市大卖场里装满草屑的小玻璃瓶。商家出售的就是小瓶中的青草味道。

我们矿山生态园的青草可比那市场卖的强多了。闻着多甜呀！一股清新味儿，她说。

一百年前这个山坳的味道。我心里想。

时近中午，又回到了那条漂亮的浓荫遮盖的机动车路，赵虹把手伸向车窗外，她在享受着清溪般的沁凉，嘴上吟诵诗歌般地说，两边的树林中，有野鸡、兔子，还有松鼠、刺猬，它们是我们用绿树鲜花请回来的朋友。

离开生态园时，在停车受检的横杆前，几棵镐把粗的松树下，惊见几簇肥硕的白蘑菇。这才哪儿到哪儿，树林里的蘑菇多得采不完。以前跟现在没法比。赵虹说。

据相关资料，近年来，"大矿"有8项管理创新成果荣获国家、省、鞍钢管理创新成果奖；2项科技创新成果荣获公司级科技进步奖，26项专利被国家受理，17项专有技术被鞍钢认定。该矿已进入国家级绿色矿山行列，荣获全国冶金矿山"十佳厂矿"荣誉称号。

百年的矿山正在力求浴火重生，已编制露天转井下工程规划，进行地下开采设计，设计能力约600万吨／年，服务年限22年。

期待中的地下矿山将按照"高起点开局、高标准建设、高质量经营"的要求，采用最先进的技术和装备，实现矿山无废、无扰动、绿色环保、智能化开采，确保井下矿建设达到国内领先水平，为国内深凹露天铁矿转井下，实现绿色高效开发提供整体解决方案和标准。

这，就是百年矿山及赵虹他们的雄心气魄！

现场三：

城南·城东

地球的资源是人类赖以生存和繁衍的基础。出于防止资源的持续退化和耗竭，唤起世界各国政府和民众的重视，早在约半个世纪前的1975年，联合国环境规划署、国际自然和自然资源保护联合会（IUCN）、世界野生生物基金会，就提出编纂《世界自然资源保护大纲》（以下简称《大纲》）的题目和结构，并委托国际自然和自然资源保护联合会代为起草。

经过反复磋商，《大纲》初稿提交联合国粮食及农业组织、联合国教育科学及文化组织、联合国环境规划署和世界野生生物基金会审议，又经修改，于1980年3月5日，在包括中国在内的苏联、美国、英国、日本等35个国家的首都同时签字通过并公布。其目标是促使各国通过保护生物资源的途径，尽快达到自然资源永续利用的目的，帮助促进持续不断地发展。

《大纲》既是一个知识性纲领，又是一个保护自然环境和资源的行动指南。基本内容共20章，分三大部分。其中第一部分提出了保护自然资源的主要三个目标：

一、保持基本的生态过程和生命维持系统；

二、保存遗传的多样性，即保存世界上有机体遗传物质种类的多样性；

三、保证物种和生态系统的永续利用（特别是渔场、野生生物、森林和牧场）。

在《世界自然资源保护大纲》中，还有这样一句被广泛引用的表述："地球不是我们从父辈那里继承的，而是我们从子孙那里借来的。"

在这里，有一组惊人的数字：从鞍钢矿业的几座矿山生产出来的产品，几乎都是低品位矿和极贫矿，但为有效利用资源，他们在几个主要排岩场运用资源节约型的破碎——岩石干选工艺，在排岩过程中在线回收铁矿石，每年减少排放废弃矿石600万吨以上。同时，他们变废为宝，利用尾矿制砖、煤渣制砖、废石制作建筑材料。但即便如此，作为国内最大的冶金矿山企业，鞍钢矿业的尾矿堆存量已累计超过9亿吨，且每年新增尾矿也不是一个小数目。

什么是尾矿？原矿经过选别和中和处理后，矿石的次要成分或其他伴生金属的部分。或叫"最终尾矿"。

对矿山尾矿的处理一直困扰着我们，是人类难以彻底攻克的污染难题。不过，尾矿的用途也很广泛。可以覆土造田，可以提取有机物。作为建筑材料，可以用于生产机制砂、硅砂、制砖等。尾矿还可以作为制造平板玻璃及各种保温、隔热、隔音的材料。

在鞍山，正如前文所述，逾百年的矿山开采，在各矿区周边已形成至少占地 1669 公顷的尾矿坝。它们是非自然的造物，却如远古僵死的恐龙，庞然不可言状。

形成于 20 世纪 60 年代的大孤山矿黄岭子 117 排岩场，位于鞍山城区东南的矿工路东段（后改为解放东路），曾经傍依着通往千山风景区的唯一的主干道。

百年矿山的开发，贡献超巨，欠账惊人，矛盾重重。如果听之任之，再不正视，再不治理，老天不让，黎民百姓更不让。

大孤山矿黄岭子 117 排岩场以及相连的大孤山选矿厂尾矿库，一遇大风天，平时沉睡甚至是僵死的山丘，顷刻变成了一条腾空而起的恶龙，对周边村民生产生活的影响是肉眼可见的。

曾几何时，黄岭子村还有一个既不好说也不好听的别名——算命村。城里城外前来占卜问卦的人不在少数。而那些批八字看手相的人，昨天还是无地可种、无业可从的村民。活生生的现实，使黄岭子村村民不得不改变生存方式或谋生手段。

排岩场的形成过程漫长。先在坡顶铺设好铁轨，墨绿色长方体的电机车牵引着一长串满载的铁斗箱，沿铁轨开上坡顶，然后将铁斗箱中的剥岩石和风化岩翻倒在坡下，也就是排岩。排岩日复一日，等某地排满了，铁轨就向前延伸，排岩继续……

半个多世纪以后，大量的剥岩石和尾矿砂排放，在矿工路黄岭子段堆积成了一条东西走向、总面积 12 平方公里的尾矿库

葱茏直上石头坡

（坝）和占地面积达58万平方米的排岩场，最高处达117米（故名117排岩场）。

而紧邻的大孤山选矿厂尾矿库"大坝"，母坝高45米，坡宽逾90米，坝体坡陡45度至55度，大坝总长3550米。盛夏时节，坡面温度高达60多摄氏度。

对黄岭子村的村民来说，高高的"大坝"犹如一座流动的土山、一面游动的石崖，春夏秋冬一年四季在家门口作祟。

几年来，也曾见大坝上人影隐约，但植树不见树，布绿不见绿，依旧是遍布着褐色、黄色、灰色的死山。

2002年清明节刚过，陆忠凯率领一支由转岗人员组成的绿化复垦队伍在大孤山矿黄岭子117排岩场边坡下的黄岭子村扎下营盘。

他们的身后是一条铁路专用线。每天，矿车轰隆隆地从眼前山矿驶来，穿过道口，将采掘的矿石运往大孤山选矿厂。那时，他们还没有预料到这条铁路线对他们的重要性，从齐大山铁矿和鞍千矿业掘取来的客土，将源源不断地运至黄岭子排岩场，用于边坡的覆盖。

用车里的里程表大致测量了一下，从水泥厂的西侧到大孤山球团厂的东侧，黄岭子排岩场绵延3公里，路程只少不多。

业已废弃的排岩场，如荒凉的月球，大块小块的岩石成片成片地裸露在灰蒙蒙的天空下，几丛稀疏的野草干巴巴地摇曳着，被雨水切割的沟沟坎坎章鱼爪似的爬满了边坡。

作为时任"生活协力"的党委副书记、工会主席，职责主抓政工，陆忠凯本可以坐在阳光明媚、有松软的沙发、有报纸、有茶饮的办公室，心安理得地度过每一个无风无雨的工作日。但经理胡猛找到他，胡猛信任他、欣赏他。时至今日，胡猛在给新结识的朋友发出的一条微信中仍这样介绍和夸赞自己的老伙伴：他在前十年矿山绿化复垦过程中比我工作做得多……这个人敢说话，有担当，敢负责。

分块划区，分工把口，全面开花，多点作业，班子成员都领了令箭，你呢？当年胡猛用这种语气给陆忠凯压担子。

陆忠凯属马，1954 年生人，实诚，爽快，有口皆碑，调任"生活协力"之前，在矿业公司福利处供职。面对新任务，他心里还有一个劲儿，自己多年抓政工，何不妨在项目上试试身手？

文采飞扬的陆忠凯还自采自写自编过以"生活协力"复垦指挥部、中心工会、党委工作部三个部门的名义主办的《复垦快报》，快报分宣传报道组、战地报道组，有"焦点关注""热点追踪""新事新貌""复垦提示"等常设栏目，文章报道和介绍治理排岩场和尾矿库（坝）工程中的好人好事、经验做法，八开八版，半个月一期，每年栽植季的 1 至 5 月出版，连续 3 年，合计有二三万字。

成立专班——绿化复垦工作小组，陆忠凯兼任总指挥，小组成员包括绿化队队长李树凯和若干队员。

根据目测，117 排岩场的坡度可以用山势陡峭来形容。理论上，坡是分等级的。0度至5度为平坡，6度至15度为缓坡，16度至25度为斜坡，26度至35度为陡坡，36度至45度为急坡，46度以上为险坡。人攀爬在立陡立陡的险坡上，是根本无法正常作业的。

谋定而后动。"生活协力"管理层召集各路人马一连召开7次会议，头脑风暴，畅所欲言，集思广益，最终敲定了"分三步走战略"，即准备、实施、管护。

边坡不规则，不平整，遍布大大小小的岩石。岩石滚落，随时都可能发生不测。

边坡平整过后的下一道工序，回填客土。而所用客土又非熟土不可。

与熟土相对应的是生土，也叫死土、净土，它是从地表深层挖出的土，未经人类扰乱和耕种熟化的原生土壤，土质较坚实，有机质含量低，理化性状不良，微生物活动微弱，不含腐殖物，不适合作物正常生长。而熟土恰恰相反。

回填之后再平整。

准备阶段，他们从45度至55度的坡顶顺下绳子（光秃秃的坡顶只有大块的岩石和雪亮的铁轨，它们却是唯一可以捆绑绳索的地方。这是没有办法的办法，不得已而为之），系在人的腰间，挂上安全带，人倒退着往下溜。

站是站不住的，脚下的碎石渣土十分疏松，一落脚就滑坡（俗话"打滑味溜"）。还有尚未融化的积雪厚冰。在我们的记忆中，治山治水修梯田的大寨人曾经如此勇敢，如此豪迈，如此乐观，如此英雄主义与理想主义，如此现实主义与浪漫主义。

接着才是打点，钉桩，放线，挖坑，栽树……

在岩石遍布的边坡，打点、钉桩绝非易事。一铁钎下去，火光四溅，崩出一个白点儿。那是震裂虎口、震麻双臂的硬碰硬、实对实。

每用铁钎打一行点，在立陡立陡的险坡上要往返两个来回。

20多天，打点、钉桩4000多个。

无数的木桩钉下后，在木桩间扯上棒线，为接下来的挖坑确立一个审美标准和观察角度：横平竖直，成排成行，像盛大节日接受检阅的士兵方阵。

最难是挖坑。挖直径50厘米、深度80厘米的坑。起初用锹，用稿，用铲，很不理想。进度慢，还时常滚石、滑坡。力道掌握不好，刚刚挖好的坑，转眼又填上了一大半。后来，他们改为用铁耙子挠，果然事半功倍。

铁耙子，四个齿儿（锻造而成，十分结实），木杆长1.2米，铁耙子头长30厘米。陆总指挥特别强调，就那种修铁路、挠路基石子的四齿铁耙子才好用。放出人马，到处寻觅，大屯、七岭子、沙河大集、二台子旧物市场……一通儿好找。

一个小发现解决大问题的鲜活事例。

而且，挠，用的是巧劲儿，谨小慎微像姑娘绣花，小心翼翼如拆弹专家，一个生动而有趣的字眼儿。

一物降一物的典型案例。

树苗或成树栽种前，选苗很重要，环境恶劣的边坡上可不是栽什么长什么。正如著名的墨菲定律有句话：任何事情都没有表面看起来那么简单。

诸多树种中，棉槐（豆科，肉质根，落叶灌木）、刺槐（落叶乔木）最终被选中。它们属根系发达、适应性强、固沙保土的优良树种。

或许最难的还不是挖坑。而是给树苗找一个孵化鸡雏般的小窝，或是给早产儿使用的保温箱。

边坡之上，土少石头多，干燥如荒漠，又像一块巨大的海绵，浇灌下去的水，一眨眼的工夫就被吸吮得无影无踪。

公元前7至6世纪的古希腊哲学家泰勒斯有句名言：水是万物之源。这句话好像是特意说给几千年后的陆忠凯他们的。

在排岩场，水是不可挑战的主宰。水是树苗存活最重要的条件。只有存下水、保住水，树苗才有生根、发芽、长叶的或然性。

一个难题接着一个难题。

实施阶段遇到的最大难题当数"固坑"。

用砂浆砌筑固然好，但操作起来难度很大，树苗的成活率也不乐观。

用混凝土灌模组装的水泥槽，透气透水性不理想，树苗的生长会非常缓慢。

采用木头制作木笼，成本过高，有限的资金也不允许。

……

经反复试验，他们从市场上买来俗称的"蛇皮布"，自己动手加工缝制"植树袋"——直径 40 厘米，深度 60 厘米，比树坑的规格要略小些。

接着是"植树袋"里的土。坐着火车风风光光而来的客土（主要是黄土）虽被寄予厚望，但还不足以培育生命力脆弱的小树苗。它们将被按比例与鸡粪、炉渣（无菌，透气，以增加湿度，改善黏土。现已改为铁尾砂）等合成（客土与炉渣的比例为 2 比 1），专门用于栽种树苗。

栽种的次序：合成土（5 厘米厚）——保水剂（100 克）——鸡粪（100 克，其他的有机肥肥力小，成本也高）——合成土（5 厘米厚）——树苗——合成土（树坑填满为止，小树苗栽在平面时露出 10 厘米高，栽在坡面时露出 15 厘米高，以防滑坡被掩埋）。

一丝不苟。纹丝不乱。

用"植树袋"栽树苗，好是好，但一旦操作起来，却发现树苗的固定还有问题。冥思苦想，发现把它固定在直径 60 厘米、深度 80 厘米的柳条筐内更可靠。

株行距前后左右各 1.5 米。

还有一道工序至关重要，否则前功尽弃。

记住：务必在"植树袋"侧面的下三分之一处，用壁纸刀割开一至三个豁口，为树苗的根系生长伸展（窜根）留出通道。

"植树袋"通常用俗称的"蛇皮布"制作，也有用防晒网制作的。非常结实，经济实惠。

接下来的保苗促活，必须有足够多的土，填满一个柳条

　　　　　　　　　葱茏直上石头坡

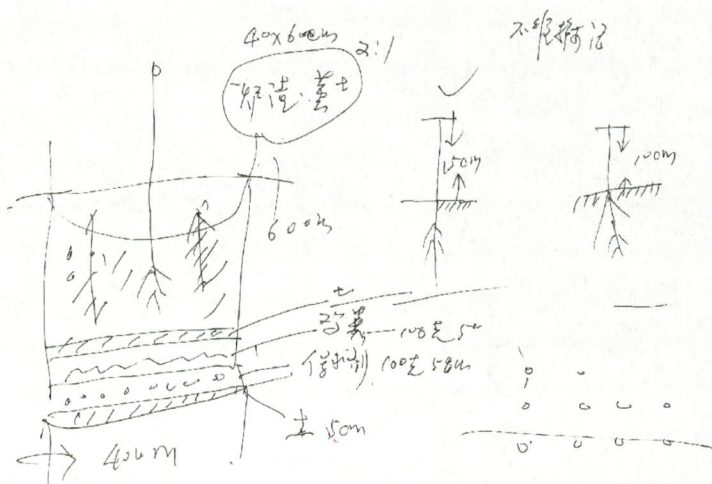

陆忠凯勾勒的施工标准草图。

在关宝山铁矿排岩场采取的边坡施工方法之一。

在关宝山铁矿排岩场采取的边坡施工方法之二。

建在排岩场上的蓄水罐为绿化复垦工程解决浇灌难题。

水车喷灌——排岩场边坡施工现场。

腰系安全带，在立陡的边坡上施工。

边坡施工，步调一致，有条不紊。

高高的排岩场上，手操抓钩的女职工。她们爱美，怕晒黑，紧紧地裹着纱巾。

筐，至少需要 0.2 立方米的土。

土在边坡之上是绝对的稀缺之物。

齐大山铁矿和鞍千矿业的征地扩建，成为客土的主要来源，那条铁路专用线将背井离乡的泥土运至黄岭子 117 排岩场前，陆忠凯一干人等再用农用车、独轮车、畜力车、三轮拖拉机，甚至是更原始的工具，如手编土筐、土篮等，站在挖好的树坑边，用接力传递的方式，把土运进柳条筐里。

浇灌树苗的水，大部分为废水——来自大孤山铁矿采场的积水以及尾矿库（坝）渗出的水。成吨成吨的废水，经过多年的沉降，分解，地表过滤，与库（坝）为邻的村庄里的庄稼把式们早已取之用于浇地。陆忠凯他们也仿而效之。

即使这样，还远远不够。在边坡总长的二分之一处，修建120 立方米的蓄水池，接管道，加水泵，安阀门，扯水绳，上水车，分区域人工控制浇水。

之所以采用人工控制，就是为了防止和拒绝野蛮粗放的大水漫灌；用花洒，用喷头，比人冲凉还温柔，一点点儿地浇灌，慢慢地来，土壤可以饱和吸水，还不至于造成滑坡、流失。

干这种细活，少不了人手，陆忠凯他们外招了二三十号劳力。劳力大都是土生土长的黄岭子村人。很久以前，他们最早一批闯关东的祖先在一道黄土岭下停住了脚步，安家落户，繁衍生息。村落由东向西延伸，聚落北、东两面为七岭子村，南邻大孤山铁矿，西与另一个叫中心堡的村子接壤。他们的祖父们还去距村子 1 公里的另一个村子吴家窑烧过炭。村子不大，有汉族、满族，种粮种菜，间种南果梨、杂梨和葡萄。村里地少力气大的人家以上山采石为生。代代相传，陈陈相因。加入矿业的绿化队，一天六七十块的工钱挣着，虽薪酬微薄，但守家待地，一出门就有活儿干，晌午饭在家吃，还有两三个小时的晌歇，村民们心满意足。

绿化队的队长李树凯对村民也体谅，赶上下雨天出不了工，也不按旷工计较；谁家孩子结婚生子老人做寿去世，吱一声，请上半天一天的假，也不扣工钱。那时有个时髦的词，人人都会说：和谐社会。大伙都相互照应，有情有义，重情重理。劳力们常规的下班时间在五点到六点，如果有急活突击，干到星星月亮天，也没人发怨言。

村民们心里有谱，树栽好了，他们的庄稼就有救了，他们的家园就保住了，老人孩子的身体就免受恶疾的侵害了。

"树苗装入'植树袋'，集中堆放在一处，挎头浇，浇透，让水充分沉降，控一宿。栽种的头一天再浇，再控，然后栽种。"

保水剂的使用至关重要。在对树苗饱和浇灌以后，如果没有保水剂，天干物燥，树苗很快就会干枯了。而保水剂在升温的状态下，内应力会加大，有望最大限度地防止水分的流失。同时特别提示：鸡粪与小树苗不可亲密接触，"搁一块儿，会烧死"。

还有缓苗、修剪、防虫、注射营养液、涂抹愈伤膏……

行百里者半九十，维护丝毫不亚于前几道工序的打点、钉桩、挖坑、栽树，甚至要比前两个环节还要花上更多的心思。

那个春天，他们共栽植树木 9876 棵，人工背土上山 2000立方米，复垦边坡 3.6 万平方米。

万物有灵。树们用枝繁叶茂报答了动情用心的人。

一到夏天，栽在边坡上的那些树，棵棵绽芽吐绿，成活率惊人地达到了 100%。一位走南闯北、见多识广的绿化专家说，在排岩场石头堆里栽植成活率这么高，真是一个奇迹。

或许会有人发问，在这样危险和艰苦的环境下作业，没有磕磕碰碰，没有流血吗？

陆忠凯的回答很干脆，不假思索：没有。这很符合他的性格，与他熟悉的人都领教过他的直率脾气。他们对他的评价是心直口快，而且金点子多。

他们的安全做法是这样的：人系一根绳子，悬在边坡之上，一律采用横向作业，而不是纵向作业。如果反过来操作，蹬落浮石的可能性就会大大增加，后果不堪设想，人身安全也得不到保障。

在陆忠凯的手机相册里，就有他们当年作业施工的照片：以焦黄的客土为背景，他们身着米黄色的工装，头戴红色安全帽，身绑白色安全带，在边坡上形成的几百米的"人链"，像一个个雪山珠峰的勇敢攀登者，酷毙了。

他们还豪气冲天地在边坡上迎风扯起了一条大横幅："战风雪 斗严寒 绿化矿山 冬植任务提前完。"

陆忠凯有个习惯，凡是与矿山生态修复有关的报道内容，他都尽量剪下来留作资料。他做过两大本边坡复垦写真集。自从上了排岩场，他买了看了大量的相关书籍，还热情地把拾兵、曹叔尤合著的《植物治沙动力学》、南京林业学校主编的《园林植物栽培学》、赵和文主编的《园林树木选择栽植养护》等几本书，推荐给感兴趣的人。

陆忠凯在去年的 8 月 18 日还到过关宝山的 165 平台排岩场。赋闲多年，不承想，又被矿上找了回去，让他重新披挂再度出征。

无疑，这是一种信任和荣耀。

老陆不事张扬，但尽职尽责，答应矿上，工作努力做好。

本色还是政工干部，但当问及种在排岩场上的树，老陆的大脑飞速运转，像一台超级计算机，说话的语气斩钉截铁，16 万平方米的平台绿化，栽植了 16 万株树，栽植的 3411 株果树（其中磨盘山楂 2370 株、苹果 170 株、李子 530 株、榛子 430 株）成活率在 90% 以上。在 6 万平方米的边坡（33 度以上的斜坡）复垦，主栽的棉槐（又称紫穗槐）100% 成活……

据"生活协力""七〇后"的副经理苏彦波说，这里栽的果树好多是从瓦房店选来的。都是结果的成树。选树的时候，他们钻进树林子，一棵一棵地选，选中了就做标记，用箭头画上树叶的朝向。

老陆又琢磨出了新招法，将原来合成土中的炉渣换成铁尾矿，更透气，保水保湿。那块写着"双鞍共建绿色矿山复垦示范园"大字的巨石后面，每棵至少十年生、价值6000元的云杉，也借鉴了他的栽植、管护方法。

据老陆屡试不爽的经验，栽植带土坨的常绿树，特别是5米高以上的成树，大有学问。不仅要依原样对准树叶的南北朝向（坡面的朝向分为东、西、南、北、东南、东北、西南、西北和无坡向九个方向），栽入树坑后用于加固的木杆支护也必须稳固。

最重要的是浇水。挖来的树木土坨密度大，新挖的土坑四周客土松软，浇水数遍看似已吸收，其实是被土质疏松的客土"偷偷喝了，土坨只湿了点儿表皮儿"。需用铁撬棍向树的土坨试探，如手感轻松，意味着水浇透了，否则为假象。只有彻底浇透了水，新栽树木的成活概率才会高。"一棵树每年至少要喝300公斤的水"，科学家般严谨的老陆特别强调。

对于那片长势一般的榛子树（亚乔木，无主根，皆系柔软须根。其天敌甚多，果实也是俗称"画鼠子"的首选口粮），老陆认为莫不如改为栽植抗逆性较好、结实率较高的磨盘山楂，这样，对将来形成规模效益或许更有好处。

"秋施金，冬施银，开春施肥糊弄人。"在深秋的时节，老陆又在手机里大声地告诫怎样给树施肥。

有空，老陆就在排岩场上转悠。还在微信中，给好友"生活协力"的陈健助理写道：

"看了一下照片，水罐及管线可能连上了。记住，凡裸露的管线和水罐必须做一下防护，目的是防止阳光暴晒水温过高给树木造成伤害，结果的成树易造成落果。

"方法视其条件可采用遮阳棚、遮阳网、水罐表面防护等。

"管线埋入地下或包扎就可以避免。

"山楂树、杏树、苹果树等也应着手进行第二次植保（杀菌，防虫），由于客土无肥力，植保药剂混配叶面肥更好（磷酸二氢钾加上尿素叶面喷施），促进枝条萌发增强树势可取得事半功倍的效果。

"边坡棉槐长势还算可以，但不知道是否缺苗。实践上看，边坡棉槐的栽植严格按程序进行在保证质量的前提下不进行后期维护也能取得较好效果（含阳面边坡）。总之对果树的管护要符合生长规律，不要以工业化的生产方式和思路去工作。只有这样才能达到预期目的。

"储水罐按大小个儿排列甚为壮观，像哨兵一样呵护一片新绿。点赞！这真是：'经理指挥定乾坤，助理实施快似神。24万保用水，大气磅礴筑矿魂。辛苦沁出稻米香，新绿美景惹人醉。班子成员齐奋战，分兵把口干得欢。待到果甜米香时，不愧前人吾用心。服务前行大踏步，综合发展颂党恩。'"

老陆底色有诗情，本色是诗人。

大孤山矿黄岭子117排岩场绿化复垦分三期展开，陆忠凯在黄岭子奋战了3个年头。

十四五年后陆忠凯重回工作现场时，棉槐、刺槐终于驯化服土了，枝干有健身教练或举重运动员的胳膊粗细，根系牢牢地深扎于岩土之中，树与树之间的树冠也密密实实地搭在了一起。

"这种树抗病耐寒，根系发达，土壤贫瘠也不怕，北坡成活率高，阳坡一天到晚晒，坡上温度高得人都受不了，成活率差点儿。"他兴奋得都有点儿要慷慨陈词了。

娥姐（她让别人这样称呼自己）梳着星巴克蛇发女的那种发式，喜欢说话，穿着黑色 T 恤衫蓝色牛仔裤，一笑起来马上就年轻了好几岁。她挥舞着双齿铁筢子，脚下跳来跳去；几天来雨水不断，晾晒在大院门口的花生秆（摘了果实的花生秆，可以用来烧火做饭），都沤烂了，不时时翻晒就不知道哪天才能烧火。她在成堆的花生秆里发现过一条灰蛇。前几天一条花绿色的"野鸡脖子"（学名虎斑游蛇）还爬进了她的家里。

"对，咱这村以前叫'仙家村'，算命的人多。"她说。

"现在呢？"

"现在没人做那事了，不是搬走了，就是死了，要不就是病得起不来炕了。"她咧了咧嘴。

"村里挺整洁的，就是看不见几个人。"

黄岭子村紧挨大路，村口立着一块巨石，上书红漆村名。用于运送铁矿石的东环铁路专用线从村口横穿而过。"黄岭子垂钓园"牌子架在半空。下了铁道的路基才是村子。通向村中的柏油路，两旁统一生长着碗口粗的银杏树，沿街住家的墙面也一律涂成了淡黄色。有一个细节，沿街摆放的垃圾箱（桶）干干净净，一个个都搁置在水泥台阶上，四周没有遗撒渗漏。

拐角处有一家酒坊，方恍然明白，经过的村口为何见一个执壶倒酒店小二装束的雕塑立在丁字路的草坪上。

黄岭子村的《村规民约》工整地印刷在九龙壁似的一堵墙上。

有亭名"日月"，几个戴红胳膊箍儿的大妈治安员在里面的石凳上围坐聊天。

村委会铁艺双扇大门两层小楼，楼顶举着八个红色大字："建设家乡，造福村民。"

《黄岭子村打造美丽乡村展示板》上这样写着：

"黄岭子村总户数804户，居住总人口2186人，占地总面积2.33平方公里。其中，耕地981.2亩，山地750亩，林地90亩，果树3.2万株，住宅可耕种面积482.2亩，工矿用地700亩，住宅建筑面积84.4亩。

"2001年至今，对村内进行全面改造，先后修建综合活动室1个，农家书屋1个，卫生所1个，纯黑色路面5条：工业路、永盛路、中兴路、通山路、幸福路；修建文化活动广场8个：中心广场、健身广场、秧歌广场、前街广场、后街广场、西街广场、东街广场、平安广场。安装路灯130盏，安装监控16点。荣获'鞍山市宜居乡村示范村'称号。"

"有的搬走了，有的买楼了，村里空的房子不老少，有从城里来租的，三四千块钱一年，有小院，种点菜啥的可好了。"娥姐还在翻晒那堆花生秆。

娥姐家的小院不大，也不规整，散种着花花草草。佛手瓜的长藤爬到了房檐上，美人蕉肥大的叶子遮了半个窗户。旱金莲长满了窗前的花池，两盆风雨兰韭菜似的叶片披头散发。富贵竹、翠菊、铜钱草、夜来香、重瓣茉莉、金丝菊、金橘树，散布在台阶旁、墙根下、角落里。

居住在农村，院子里不种蔬菜不合常理。靠着院墙的一角，就是辣椒、茄子、西红柿、芹菜以及南瓜的领地。娥姐家在村东头还有两亩多地，成熟的苞米还没收。有一只猫崽儿，躲在院子里暗自偷懒睡觉，"都一岁多了，还在吃母猫的奶"。一只小杂毛狗，隔着栅栏鬼鬼祟祟地张望。娥姐很奇怪地说："见着生人来，这狗今儿个咋不叫了呢？"

娥姐在黄岭子村生活了35年，眼观六路，耳听八方。村上的老少爷们儿，只要打她家院门外一晃，她就招呼得出人家的名姓。

早些年她在自家院子里开浴池，兼给人剃头理发，"当年在坝上种树的那拨人，没少来咱家洗澡、剃头"。

她还记得当年的情景，"上春一刮风，坝上的灰就鬼影子似的下来了，才几百米远就啥也看不见了，那灰，那土，多了去了"。

村里人所说的"坝"，指的就是近在咫尺的黄岭子117排岩场。

"晾在院里的衣裳，下晚收了一抖擞，全是土，哗哗往下掉。庄稼地，房盖上全是灰……老埋汰了。"

不过，在黄岭子排岩场也发生了与东鞍山排岩场相类似的故事：夏季村民们把自家的鱼肉蔬菜塞进拔凉拔凉的石缝中贮存；那里如同"天然冰箱"，温度恒定在三摄氏度至七摄氏度，把担心变质的食物用纸包裹好，即可放在石缝中保鲜数日。

后来洗澡、剃头的生意不好做了，娥姐又在院里搭了一个二层楼，养狗卖钱。

这些年村里的人越来越少，即使住家没搬走，人也出门打工去了，守家务农的没几个了。以老人居多的村子，信这信那的人不在少数。

在娥姐的眼里，村主任是大能人。

"怎么说呢？"

"就是说做事，从老百姓的角度，为大伙着想村民都拥护他。"说到最后，娥姐又补充了一句，"环境可好多了，这是明摆着的事。"

离开黄岭子村外的柏油路，徒步拐入一条通向高高的排岩场的土路，两边是残垣断壁，这些年，陆陆续续，黄岭子村的不少人家已经搬迁他处，废弃的房屋门窗洞开，庭院里蒿草丛生，堆积着建筑垃圾，还有破旧的门窗、沙发、床垫。路上的车辙印在雨水的冲刷下，断断续续，模模糊糊。

村里村外大不一样。

　　　　　　　　葱茏直上石头坡

前往排岩场边坡的道路被密不透风的植物阻断了。故地重游，陆忠凯特意换上了当年的工装，米色的短袖上衣——在左胸位置，刺绣着鞍钢红色的 Logo 和缩写字母，左臂的兜上印着"鞍钢矿业"四个蓝字，下着深蓝色的裤子，笨重而结实的翻毛皮鞋穿在脚上看上去有些头重脚轻，不太协调。他语调急促而洪亮，撑着伞，威风不减当年，向高处的边坡指点着，大声说，栽这些树不是让它们成林，它们的使命主要是固坡和覆盖裸露的边坡——落下的雨滴被枝叶阻挡，不直接冲击边坡，起到缓冲的作用，也不因雨水的浇灌而形成溪流，变成慢慢地吸收、下渗，防止对边坡的破坏——因为排岩场的边坡是人工堆积的，非常脆弱，不稳固。这些树还有抑尘作用，防止空气污染，改善土壤。陆忠凯只有大声说话，才能压住从路边驶过的车辆发出的噪音。

密林中有两幢漆成淡黄色的水泥建筑格外跳跃。一处是簇新的泵房，一处是大孤山铁矿排土车间的变电所。陆忠凯的思绪被拉得如丝如缕。

在另一个岔路，陆忠凯急匆匆地走在前面。边坡下一处被狂野的植被遮蔽的农家院落，门窗紧闭，阒无一人。健步登上土堆，陆忠凯向院子里探望。当年他们租下这户人家的两间红砖房，用作做伙食饭和存放工具。伙食是大菜大饭，土豆茄子辣椒。工具十八般样样都全。村屋的主人大家都叫他周家二哥，村里的老户，名声在外，据说有点仙气儿，能掐会算，几年前搬离村子去铁西住去了。

陆忠凯有点悻悻然。或许他特别想会会老哥们儿，叙叙旧，唠唠嗑，遥想当年，羽扇纶巾。万千思绪中，绿化队队长李树凯，队员吴斌、鲁宝成、吴广庆、胡方龙、彭康、薛鸿雁、赵虹、王木匠（年头久远，陆忠凯一时语塞说不出名字，只记得他的工种）、张甲学（后来成为很牛气的漫画家——2007年一举获得在比利时举办的欧洲漫画双年展大赛一等奖，是中国获此殊荣的漫画作者第一人。欧洲漫画双年展从1979年开始举办，展览由欧洲漫画中心主办，欧洲漫画家协会和世界漫画家联盟协办，是世界上最有影响的漫画展之一。当年的展览命题为"锁与钥匙"，共收到来自80个国家和地区的3500余件作品。张甲学从1986年开始潜心漫画创作，多次在国际漫画大赛上获奖，1997年被鞍钢工会授予"工人艺术家"称号）……一个个老伙计淡入淡出在陆忠凯眼前。

　　陆忠凯在自己拍摄的一张边坡冬植的照片背面，曾写下这样的话："身临其境，回顾以往，感慨万千。做绿化工作要用三种精神：一是吃苦精神；二是奉献精神；三是牺牲精神。否则一事无成。"

　　转过身来，陆忠凯敏锐地发现了什么，将撑开的伞柄交到左手，张开右手折断了一株横斜在路边的植物：豚草。讨厌的豚草，好大一片，高处低处，即使在垃圾堆中，也无羞无耻地生长着。它们含苞待放，宝塔状的花柱跃跃欲试。陆忠凯又折断了一枝。这东西长多了，其他植物就被欺死了。他不无忧心地回望郁郁葱葱的边坡。外来入侵物种，恶性杂草，开的花还

　　　　　　　　　　　　葱茏直上石头坡

会诱发哮喘。

一块绑在水泥杆上的站牌，无声地昭示着小村庄与外界的一种联系方式。它与通往市区方向有 12 站的距离，仅有一路小客车，驶过黄岭子村与排岩场之间的这条柏油路。从红楼站到红楼站，小客车的线路是闭环的，首班车 6 点整发车，末班车 18 点半收车。

沿着村外的那条柏油路徐徐而行，眼前的黄岭子村似乎深深地沉浸在岁月的长河之中，它的光彩被遮挡住了，应有的活力也不易为人所察觉。

树荫下墙头上，立着宣传板，上写一段"新三字经"："遇鸿沟，架座桥；有矛盾，善协调；一碗水，端得平；老满意，小高兴。"

柏油路两侧还有店铺，还有招牌，"大牌子便民店"还有生意，"黄岭子垂钓园"又赫然在目。

路边的一处小广场，内有飞檐高挑的亭子和涂成蓝黄两种颜色的健身器材，它们正流淌着锈蚀的泪水。野草从藏红色道板砖的缝隙间举起双臂，惬意地打着哈欠。没有人的打扰，植物们也会百无聊赖。的确，被雨水冲刷得光洁的八边形道板砖似乎在幽怨地诉说：好久没有女人来跳广场舞了，也没有男人在亭子里下棋……

又经过那个铁路道口，威严的警示牌从不失位。作为工业文明产物的紧张感，无处不在。

火炬树已经到了燃烧的季节，进入 9 月，它羽状的叶子会染得更红。不好！它也是外来侵害树种，生命力极强，落地生根，别的树就活不成了。陆忠凯愤愤然地判定，还没有从刚才的情绪中回转过来。

雨还在下，透过挡风玻璃，大孤山铁矿球团厂灰白色的烟囱，朦朦胧胧。

300多年历史的小村庄之于大山般壮阔的排岩场，恰如作家池莉的那部小说的名字：《水与火的缠绵》。

从万科城市花园出发，沿着汇园大道一直向南，穿过锈迹斑斑的东环市路，翻越以李子好吃而闻名的獐子窝村外的山坡，看着路两旁的新疆杨成排成排地向车后倒退，十几分钟后，在一个丁字形的路口——正对面立着喷绘有"绿水青山就是金山银山"十个大字的一块大牌子的地方，通过右拐专用车道，驶入景色宜人的南外环路，在第二个红绿灯路口再右拐，就到了约定的唐家房镇政府的大门外。用地图导航，语音提示，全程5.4公里。

途中，透过右侧的车窗，隐约可以眺望到东鞍山铁矿青灰色的排岩场。

镇政府大院外是一条热闹的街道，沿街一溜儿招牌花哨的商铺卖家，粮油店、平价店、超市、小酒馆、冷面店、建材店、红木家具店，鳞次栉比，不到二十米宽的马路上机动车畜力车人力车电动车川流不息，引擎声喇叭声叫卖声混合交织。除了热闹，还有繁忙。

镇医院前搭起了简易的绸布棚，红色、蓝色绸布的尖顶形棚下站满了接种疫苗的男女老少。院门雨搭上方的黑色电子滚屏不间断地飘移着一句橘黄色的标语口号。

病毒在变异，人们在煎熬。疫情让小镇上的人们茫然而紧张。挂在双耳上的口罩，改变了我们的原有气质，将大多数相貌平平的人装扮成了双目炯炯的面具侠。

不可望文生义，小镇并非因唐姓居多而得名。在方圆几百里内，以至更为广阔的地域，流传着许多关于唐王征战的故事，他在哪里驻跸、在哪里射箭、在哪里脱靴、在哪里沐浴、在哪里下棋、在哪里挺枪跃马，都被绘声绘色地描述着。当然，有的不见得确有其事。

一辆银灰色江铃陆风SUV悄然停在路边，刘正春果然在手机通话十多分钟后如约而至。

他没有下车，手扶方向盘从车窗探出头。一张消瘦的脸，憨厚地笑着。接着，他一边探身将副驾驶座位上的瓶瓶罐罐收拾到塑料袋里，一边解释它们的作用。虫子是植树的一部分，各种防治病害的农药也是。凌乱的车内药水味儿刺鼻。

天色阴沉，突然刮着四五级的北风，刘正春穿了一件深紫色的长袖衬衣，袖口扣得紧紧的，黑裤子。不知是不是见到了陌生人，他的语速缓慢下来，出言十分谨慎，有的话说到一半就听不清了，没下文了。他扶在方向盘上的手交替向车窗外比画，嗓音沙哑，这两边的排岩场老大了。

车子大概开向北或西北，雨下起来了。在坡路上爬到一

　　　　　　　　葱茏直上石头坡

半，车子向右拐，接着醉汉似的钻入了一条林中沙石路。

东鞍山铁矿的排岩场就在林子的深处。

而在历史的深处，1909 年的 9 月间，"满铁"地质调查所曾派员秘密潜入这一带，在不到半个月的时间内，对东鞍山进行了两次矿藏勘察。一次是所长木户忠太郎和所员小林胖生，一次是所员小林胖生和牛岛义雄。他们惊叹于眼前长度达 2500 米、宽度一二百米、厚度达几百尺的大矿床。他们用手锤敲打着裸露的矿体，判断矿石的贫富品位，还意外地发现了古代采矿形成的洞穴。据记载，在鞍山以北的首山，冶铁业大约在觊觎者到来前的辽代就相当兴盛了。

1928 年 10 月，木户忠太郎在一篇《鞍山铁矿与京之大文学》的文章中，记述了自己及同僚对鞍山铁矿的"发现"过程。

东鞍山系天险要隘，日俄战争时，俄军曾在山顶设立瞭望哨所，木户忠太郎他们来勘察时仍有遗存。

据《鞍钢史（1909—1948）》，"满铁"的到来，打破了辽南大地 900 年的沉静。1918 年 7 月，鞍山制铁所（昭和制钢所的前身）开始在东鞍山正式开采铁矿，距今已上百年。

迎面一台轰鸣的挖沙机挡住去路，出现一个表情严肃的人，瞪着警觉的眼睛向车里窥视。哪儿的？找谁？不过几秒钟以后，他就爽快地给刘正春指了一条隐没在沙堆后面的路。低山的背阴处，很少有人涉足。

泥浆遍地。

刘正春说他好几年没来这儿了，山形地貌变得有些让他晕头转向。但毕竟是再熟悉不过的地方了，只消一会儿，车子在他手上就驾轻就熟了。

车子停在一个平坦的坡顶，对面就是碧绿如染的东鞍山矿山排岩场。它是从 2002 年开始最早进行绿化复垦的排岩场。据一份资料，东鞍山矿山排岩场的总面积达 116 万平方米，其中平面面积 20 万平方米，坡面面积 96 万平方米。将 116 万平方米换算成标准的足球场，相当于 162 个。

排岩场目测长度大约两公里，东西走向，东高西低，卧如青牛。

刘正春的父亲是矿上的一个木匠，为人一老本实儿。他也天生喜欢玩木头，跟着父亲学弹线刨板拉锯凿眼儿，甘愿做鲁班的孝子贤孙。那年，具体说是 1980 年，"以老换少"，他顶了父亲的班，成为全民工，到眼前山铁矿汽车队上班。

早年，木匠是手艺人，木匠活儿是技术活儿、俏活儿，受待见，媳妇都好找。后来刘正春听人调侃他，说木匠里还出了不少狠人，比如画小鸡小虾的齐白石。心里很美。

按说，木匠与绿化复垦搭不上什么边，但谁又说一切不是最好的安排呢？

2002 年秋天，眼前山铁矿的职工食堂吊棚，简单装修装修，琢磨着对外承办酒席，捞点外快，给职工找补找补。这时，矿上确立了"建设复垦、绿化复垦、养殖复垦"并举的工作思路，同时要求全员上阵，也给为生产服务的食堂下达了指标和任务。

掌勺择菜的手上山挖坑栽树，经受的是一种痛不欲生的考验。只挖了小半天，就拉胯扭腰了，干不了了，转天身上像散架了似的，嘴都咧到后脑勺去了。

好在有小木匠刘正春，食堂掌事的老张见他机灵，就央求他出手相助。刘正春好说话，笑着就答应了，找了几个人，1米见方的坑 2000 个，干了一个多月，一直干到大雪纷飞。从此，刘正春与矿山的绿化复垦结缘。眼前山、大孤山、"东山包"、齐选、东鞍山、鞍千，一路栽下来，二十多年。

"眼前山铁矿 125 排岩场绿化复垦动工最早，2002 年。我在那儿干了五年。大连甘井子我干了两三年。鞍钢矿业生态园（即'东山包'）的树也基本是我带人去栽的。"他说。

一阵风掠过，将及人高的野草纷纷吹倒，排岩场的山那边似有隐隐的雷声。走在平坦的坡顶，脚下咯吱咯吱直响，有炉渣样的东西，刘正春说那是当年绿化复垦时留下的，冰雪天往坡上开车垫道防滑用的。坡顶的北面，堆着支棱八翘的黑色尾矿，因为品位过低，被遗弃在荒野之中。刘正春说，日本人想买，咱不卖。

此前陆忠凯也说过，日本人奚落我们，说我们把品位 6%—8% 的尾矿排到尾矿坝，败家。

前些年那些小炼铁厂没少来偷，品位低就低点，他们不挑。刘正春又说。

排岩场尚有遗存，两根粗壮的水泥杆上还绑着几盏探照灯，铁路扳道房寻不见了，但养护铁道的班组房还在。往山里排岩，起初铺设铁轨用机车运，坡面越来越大，改为上皮带，所说的上皮带，就是架设传送带，把矿车运至山脚下的岩土排到山顶。

刘正春在东鞍山矿排岩场一干就是五年，对一切，当然了如指掌。

排岩场北坡上的绵槐刺槐勾肩搭背，与无名的蒿草浑然天成，想见识到裸露的岩石还真不容易。

排岩场的南坡，正对着前峪尾矿坝——矿山最早的一座尾矿坝。用刘正春的话说，老掉牙的，前些年废弃关闭了。

家住前峪、长甸铺一带的居民曾为其所祸害。每年三月末四月初，南风乍起，尘土飞扬，位于顾家房子村以北的前峪尾矿坝开始兴风作浪，细如沙粒的尾矿砂漫天翻卷，又灰蒙蒙密匝匝蝗虫似的落下。处于下风口的居民家中，窗户如同安装了磨砂玻璃，窗台一抹一层黑灰，对居民的身体健康危害较大。居民们苦不堪言。

"尾矿坝的土末子都能刮到千山！"刘正春用这样一句话，强调当时污染的惊人程度。

东北方向的千山风景区至少在尾矿坝的20公里以外。

刘正春的江铃陆风银灰色SUV掉了个头，顺着原路下坡。一看就是老手。他看好它的底盘高，皮实，禁造。弦外之音，是他也买得起更高档的车，"这些年（心里）挂着上矿山"，所以一直开这种经济实惠的国产车。已换过三辆。上山植树没有道，坑坑洼洼，费油废车。现在这道别看不咋样，还是好走的呢。

车子摇摇晃晃地绕到山下，开往排岩场那边的尾矿坝。刘正春在后视镜里瞥了一眼渐渐远去的排岩场。那年施工的时候，坡面上冒起了白烟，把他吓坏了。他们想到了神话里的蛇仙，想到了热泉或冷泉，想到了煤的自燃现象，甚至想到了火山喷发。仗着胆子大，爬上去，伸手抓，有凉风，再探，顶多三五度，手伸进石头缝里拔凉，赶紧报告。

"生活协力"寻求地勘院的帮助，专家对这一现象的大致解释是：为多年蕴含石缝中的积水所致。

七八月的天，强烈的阳光白晃晃地从天空倾泻而下，坡面气温五六十摄氏度，人在坡上如踩火炭如烙饼。热风又厚又沉，几乎触摸不到它的存在。万物死寂，鸟都不敢落。烤焦的草木，时时发出只有在炉灶中燃烧时的那种声音。

人在坡上晒中暑了，是常事。赶节气，也顾不上那么多，下来喝点水，找个背阴旯旮儿，喝碗凉开水，凉快凉快。伤了手砸了脚的也有，那就歇几天，工钱照给。刘正春说。

男人有力气，挖坑、栽树。妇女也雇，负责给树浇水。刘正春点上一根"红塔山"，嘴里含混着烟气说。不知是不是一天两盒烟的量，导致他的嗓音听上去相当厚重略带沙哑。

高手在民间。有人把瓶装水塞进石缝，口渴时喝，如同冰镇水一般。大伙纷纷效仿。

白烟状的凉气是从排岩场南面的尾矿坝窜过来的。填埋尾矿坝用了大量的石头，石头与石头的缝隙，锁住了废水，废水相连，进而有了暗河的意思，终年沉埋地下，不见阳光，水温基本恒定，不受天气影响。

有天赐的冰镇水喝，固然美，但在石头上栽树，谈何容易？而且地下寒气重，树不爱生长，草的寿命短，成活率大打折扣，所花的心思下的功夫就必须格外多。

刘正春雇了七八十个工人，有辽阳刘二堡的、有他媳妇老家宽甸的、凤城的，还有半拉（附近）十里八村的，日工25元。后来改计件，根据挖坑大小、栽树的用土量、运土的远近，等等，计算工钱。他带人先在45度倾斜角的坡面上建了两层平台。人得先上去，上得去，还得立得住，要不咋干活？这也是跟大寨修梯田学的。他回忆道。

光秃的排岩场寸草不生。

找土。从盖楼的工地，把挖地基的土运来。再就是买土。

在美国电影《未来水世界》中，汪洋一片的地球，人们在船只上像交易金砂那样交易稀缺的泥土。有一个镜头：海盗模样的泥土贩子，从怀中摸出一个小布口袋，捏出一小撮土，请急切的购买者品尝……

"土就是这么金贵！"刘正春说。

一自卸车（刘正春称之"翻斗车"）土，20立方米，二三百元。一年至少300车，五年至少1500车土，总计不少于3万立方米。花销不难核算。

自卸车开到坡顶，翻倒在坡下，将排岩场"整个浪儿盖住"

（刘正春语）。自卸车运来的大多为生土。刘正春的办法是"头年拉来的土，过一冬，入春，一冻一化，就熟了"。熟了，就是生土的熟化。觉得土还不够肥，刘正春还往里面拌入了草炭土。

翻上加了营养的熟土，钉桩，3米一个，在木桩间用八号线（铁丝）编网——30厘米高的网，以挡住随时可能下滑的泥土，然后挖坑，30厘米深，把树苗装入自制的编织袋（摸索两年后的经验，刘正春称之为"诀窍"），放在建起的两层平台上缓苗，然后下坑，然后覆土。

栽苗，只能在春秋两季干。

浇水自不在话下。

至于冬天，有冬天的活儿。天寒地冻，下大雪，抡大镐刨树坑，手脚麻了，也不知道是冻的，还是震的。

他们使用的工具，原始而简陋，不外乎铁镐、铁锹、铁耙、风镐、铁钎、大锤……

途中，见一条深蓝色的"长龙"，醒目地匍匐在排岩场的南坡。

刘正春叫它"皮带"。

有穿工装戴安全帽的工人蹲在机器旁摆弄着什么。

排岩场初期排岩用铁轨机车，等排岩场堆高，机车爬不动坡了，就改为"皮带"。"皮带"就是矿用带式输送机，用于从山底将采矿剥离的岩土传送至山顶的大型矿山机械设备。

"长龙"一眼望不到头，两侧有漆成土黄色的铁栅栏围着。

栅栏与碎石路基还有一段距离，钻进去，攀铁梯登上"长龙"，刘正春是想瞭望自己当年栽在排岩场南坡的树。

看不到。刘正春不停地晃动身体，寻找角度。他太瘦了，深紫色的上衣看着并不合身。尽管如此，他的目力还是无法穿透那层层叠叠的树的帷、绿的帐。

帷帐般的树以侵犯者的姿态，一直豪横地突进到"长龙"的铁栅栏边。刘正春咂舌，面露遗憾。栽的时候，树苗不过筷子高，比小手指头还细，从阜新购入的刺槐、从清原购入的绵槐，经过十二年的生长，每棵树的胸径都有十五六厘米了。

据粗略统计，前前后后，刘正春与他的伙计们在东鞍山铁矿排岩场共栽种了 20 多万棵树。

见几棵火炬树混杂其间，刘正春来了气，栽啥也不能栽那玩意，根系发达，窜根子，啥材也成不了。

这个侵害树种长不成材吗？

紧邻的东鞍山烧结厂尾矿库（坝）已然沉寂。

经济飞速发展，人口不断增加，城市面积日渐扩大，位于前峪的这处尾矿库（坝），距鞍山城区南部的密集住宅区仅有 3 公里了，半个世纪以来，沉积的尾矿砂形成了面积 252 万平方米、高度达 110 米的尾矿坝。

据当年的媒体报道，2003 年 4 月初，东鞍山烧结厂将这片"人造城市沙漠"作为环境整治的重点，投入大量人力物力，选择适用于尾矿砂土质的抗病、耐旱、抗酸碱的速生杨、棉槐、连翘、沙棘等树种,种植树木40余万株,绿化面积100万平方米。

但是,在尾矿砂里种树本身就不可思议,成活难上加难。进入盛夏,尾矿坝的表面温度高达50摄氏度,况且植物所必需的水分又极度匮乏,这对任何一种生命的存在都是严峻的考验。

承担日常绿化养护的东烧厂筑坝队60余名职工,早出晚归,每天在边坡上奋战十多个小时,挥汗如雨,裸露的皮肤被太阳灼伤爆皮,但仍像照料自己的孩子一样,细心养护每棵树苗。

树苗成活最需要的就是水。筑坝队购置水泵,连接总长1900米的管线,将水引到每棵树下。

他们不断从实践中寻求真知。首先向尾矿砂喷洒自制的无毒无害的沙尘表面覆盖剂,使松软的沙尘表层硬结,以保证尾矿砂3至6个月不扬尘。其次,采用种草籽、覆盖稻壳、供水胶管打细孔进行微量雾状喷水(类似于滴灌),以确保尾矿砂表层成功长草。等草自然腐烂后,就可以为树木提供生长所需的丰富的营养物质,从而实现"草随树生、树随草长"的良性循环。

经过筑坝队队员的不懈努力,他们栽下的第一批树木长势良好,6万平方米的青草也钻出了尾砂表面,硬覆盖达到3万平方米。

据时任东烧厂筑坝队队长张印强接受媒体采访时介绍,前峪尾矿坝的绿化植树成活率达到95%,远远高出全国同类尾矿固沙植树平均 45% 的成活率。

当年被东鞍山烧结厂强悍的筑坝队夷为平地的尾矿库（坝），如今已建起一个一派田园风光的多功能生态园，被评为国家级绿化示范区。

纹枰般的田地种着比成年人还高的李子树。间种的地瓜秧绿中泛紫，叶径参差，连绵起伏。黄豆茁壮，生有球状的叶冠。还有望不到头的苹果树园，尚不是季节，果子青绿，也不大。连天的杂草野蛮生长，叫不上名的蓝色、粉色的小花在夏末时节竞相开放。手持电动割草机的轰鸣声远远地传来。几个穿绿色工作服、戴草帽的人，正蹲在黄豆地的尽头说笑，脚边堆着刚刚拔掉的野草。铝合金的喷灌龙头接在一根锈色斑斑的管子上，发出含蓄柔和的光。

向更远处看，深蓝色的"皮带"在蒸腾的热浪中时隐时现在排岩场的山顶。

一排灰白色枝干的新疆杨哗哗地翻动叶片，病恹恹的。已生长十七八年，还像水土不服、格格不入的异乡人。经刘正春的诊断，尾矿坝水质不佳，杨树们扎不下根，爱生病。所以。尾矿坝最不适合杨树的生长。

昔日时常作祟的尾矿坝，已是一派生机盎然的景象。有果园，有菜园。出产的农副产品，直供矿山的各个职工食堂，绿色，环保，自家产的，吃着健康放心，还为企业节省了支出。

车窗外，绿树掩映之中，立着的"森林战训基地"的大牌子一闪而过。假以时日，是不是还会有野外拓展训练基地？还会有夏令营营地？还可以举办草地婚礼？

刘正春终于打开了话匣子，开自己的玩笑。

1963 年 2 月出生，一个干枯的季节，他又属兔，无草可食。这些年，一年一年往外跑，一天一天不着家，劳碌命。

在"东山包"五年，日子全跟树过了。说这话时，刘正春或许想到了家，想到了孩子。

他与妻子育有两个女儿，辛辛苦苦，却很欣慰。大女儿的孩子已经上小学三年级。一个有人叫姥爷的人，这些年仍在奔忙，三天两头有人上门找，看树，治树。再就是跟几个老哥们儿玩玩麻将（不去麻将馆，谁赢了谁请吃饭），喝喝小酒。不频。微醺。

9 月末栽树前，他会一直在与齐矿相邻、奔辽阳响山的孔姓台村（因村前土台之上有一空心石，故得村名空心台，后依谐音更名孔姓台，现为孔姓社区）一带出没，挪树，挪了几百棵，其中不少百年以上的油松。矿山排岩要占地，长得好好的树不得不挪走。他有点心疼。

按照矿上的政策，刘正春明年将告老还乡。与排岩场、尾矿库（坝）打了二十多年的交道，栽的树怎么也有几十万棵，个中滋味一言难尽。

岁月是用来咀嚼和回味的。

俗称"东山包"——鞍钢矿业生态园，一棵树没有的时候，他就去了；那年正月十五还没过，他就出现在了工地。那里种的大树，有不少是他从辽阳、本溪、抚顺、丹东、阜新、朝阳、铁岭雇车拽回来的（有时雇的还是马车）。那里"白毛浮绿水，红掌拨清波"的水池子也是他亲手砌的……

迎面一辆辆红岩金刚自卸车疾驰而来，车斗里满载着岩土。

忽然想起刚刚离开尾矿库（坝）时，刘正春莫名地把车横在一条笔直的大路当中。那条路仅容一车宽，正对着巍峨的东鞍山铁矿排岩场，路两旁的新疆杨似拍摄遮幅电影时摄影机片窗前加的一个挡框格，抬眼望去的目光正好聚焦那山顶荒凉的风景。

矿用带式输送机仍在源源不断地将岩土排放到高高的山顶。

这意味着，刘正春他们肩膀上的锹镐还是不会放下。

城东·城东北

几天前，胡猛从省城回到鞍山。这些年他和老伴一直跟女儿生活在一起。

表面看着闲，其实他很忙，忙着在社区发挥余热做义工。

时隔三个月回到生活工作四十余年的城中，他的出行和会客安排得有点紧凑。有几个老同志、老领导必须探望，这是惯例。有的饭局推不掉。家里与哥哥姐姐弟弟妹妹的例行聚会也少不了。

在路边张手招呼了一辆出租车，拉开车门利索地坐进副驾驶的位置，快七十岁的人比实际年龄有活力得多。下了车，匆匆的脚步更看不出半点儿疲态。这或许得益于一个睡午觉的好习惯，吃过午饭，眯一会儿，或长或短，到了下午人又状态如初。如果遇到特殊情况，打破了常规作息，他就会在心里不情愿地嘟哝：牺牲了一个午觉。

一个不掺假的地道北方人。

本来约好昨天下午去关宝山和鞍千矿业，生产室主任赵虹临时有事，爽约了。但约定今天上午，她一开完周五的生产调度会，就来接胡猛进采场。女主任每周有两个雷打不动的会议必须开，还有一个周一的行政例会。

赵虹跟随胡猛好多年，说话不拘束，胡猛"赵虹、赵虹"地叫着，一如当年。

还是那辆黑色的SUV，赵虹仍喜欢坐在司机王健师傅的右侧座位，不改米色的工装，疫情期间的口罩却忘了戴。

车从深沟寺入口的"生活协力"，穿越深沟寺6个区，钻过连接两山的一个铁桥，向左进入了深峪路，经过大学生公寓、一所医院、一个消防支队、两三个居民小区，在一个十字路口，向右，在产业园灰色的厂房间缓行，向右，绕过转盘，冲上七号桥，终于行驶在了宽敞的千山东路上。几分钟以后，左拐，在一个Y字形岔路口，去弓长岭方向，突然折向右，一条矿区专用矿渣路在车轮下向后漂移而去。

关宝山的矿办大楼矗立在一片草坪上。那似乎是把一座小山推开以后得到的平地。大楼楼顶飘扬着淡黄色的旗帜，旗中心是绿色的厂标，两侧各四个红字：安全第一，预防为主。

胡猛自言自语，他好多年没来这里了。这次是专程，就想让赵虹带他故地重游，到关宝山瞅瞅。

从1999年11月"生活协力"成立，至2009年10月，他在这个全新概念的岗位上整整工作了十年。

胡猛出生在一个多子女的家庭，一个哥哥，一个姐姐，一个弟弟，一个妹妹，他排行居中。

"鞍钢宪法"诞生的那一年，即1960年的夏天，胡家从腾鳌镇名甲山村搬进鞍山。当时胡猛才8岁，发育迟缓，个子不高。父亲在大孤山铁矿开电铲车，早年跟日本师傅学的徒，还不到四十岁，身强力壮。胡猛跑到工地上看父亲开电铲车（当时主要使用美国马利温造的490型和神户制钢造的80K型电铲车进行矿体的片岩剥离），"不大点儿的铲斗"，一次铲装仅半立。1956年以后父亲又在东鞍山铁矿、大孤山铁矿做基层干部，直至1981年在东鞍山烧结厂退休。

父亲是人民的鞍钢的第一代工人，与享誉全国工业战线的老英雄孟泰一起，成为首批加入中国共产党的鞍钢工人。他们紧跟共产党，棒打不回头，在鞍钢的复工复产中积极要求进步，曾以鞍山市职工总会干训班第二期学员的身份，参加了1949年7月9日的"鞍钢开工典礼纪念大会"。那张略有折损影像模糊的合影照片，胡猛一直珍藏着。1921年出生的父亲高寿，享年94岁。

在矿山，父一辈子一辈的人家不少。"矿二代"的骄傲一直激荡在胡猛的心间。17岁参加工作，5年后入党，1974年以后，先后担任东鞍山烧结厂浮选车间磨浮段副段长、过滤段支部书记、车间工会主席、厂液化气站站长兼农场场长。

宰相必起于州郡，猛将必发于行伍。非凡的淬炼与丰富的阅历，可以让人进入举重若轻、化繁为简的境界。对来访者提出的疑问，他的答案一律简明扼要。

鞍钢（集团）矿业有限公司是鞍钢集团的二级公司，而"生活协力"是鞍钢矿业的子公司。矿业的安全环保部负责矿山绿化复垦的规划，而"生活协力"为设计、施工单位。

架构、流程和路径，早已明晰。但似乎总觉得还缺少点儿什么。

那年，胡猛看到一篇报道，大致是说，从中华人民共和国成立到 2000 年，半个世纪的全国规模的总植树量，在约 960 多万平方公里的大地上根本没有那么大的容量，"栽不下"。

有识之士的嗟叹更是屡屡见诸媒体，有数无树，植树变植数，重栽不重活、重栽不重护，年年植树不见树。

胡猛记得，那是 1999 年，矿业公司组建了"生活协力中心"，该单位的职能就包括"矿山复垦绿化工程"。2000 年，新组建的"生活协力中心"将绿化复垦的首役确定在调军台选矿厂。

有过"亚洲第一大铁矿"美誉的齐大山铁矿大规模扩建，原有的齐选厂胃口已不够大，又兴建了调军台选矿厂。据说早在 20 世纪 60 年代，周恩来总理就曾对新选矿厂的规划建设作出过重要指示。

公司上下形成共识，决定不走老路，不再欠账，一边矿山扩建，一边生态修复。

岁月沧桑，追忆往事，胡猛的话语饱含庆幸和自豪。鞍钢矿业生态保护意识的彻底觉醒，始于 2000 年的第一个春天。足够超前。胡猛将之看作一个央企对社会责任的担当。鞍钢从最

在排岩场上，工人们发明了挡住土石滚落的方法。

远道运来的小树苗卸在排岩场下，准备栽种。

每个树坑都有严格规格要求。

先把树苗栽在装有自配的营养土的蛇皮袋子里，然后下到标准的树坑。

栽下树苗，边坡保湿的有效办法，是成片地盖上草帘子。

仔细检查蛇皮袋里的每一棵小树苗是否栽好。

边坡之上，现场破解难题。

调动大型机械平整排岩场。

初的追求产量、利润，到随着国家对生态环境治理力度的不断加大，自觉地肩负起了生态环境建设的重任。

鞍钢矿业是原冶金部"绿促会"（即冶金部重点矿山绿化促进会，冶金部撤销后该会由武钢报社负责）的组长单位。胡猛参加十来次会议，后来矿业公司依规清理大小协会，矿里的"绿促会"仍被保留多年，受重视的程度由此可见。

世间有一种美好，始于遇见。由于全社会日益强烈的呼声，国家一系列宏观政策的出台，企业的自省与自觉，特别是"以人为本""全面、协调、可持续地发展""促进经济社会和人的全面发展"的科学发展观的明确提出，以及业内成熟经验与方法的推广与运用，2000年成为鞍钢矿业大规模绿化复垦的元年。

鞍钢矿业的1000名绿化员工也注定成为奇迹的创造者、事件的亲历者和历史的见证者。

乘势而上。

首役大捷。

2000年当年，胡猛他们就将竣工投产后的调军台选矿厂厂区的绿化美化"完工成型"。

厂区的绿化不同于排岩场、尾矿库（坝）的复垦，重点也是特点在于美化。行道树栽植的全是好看的树种，还有桃、李、梨、柳、槐、榆、银杏、速生杨……

二者的另一个差别是，矿山的复垦重在树木的茂密，绿荫覆盖上即可，不必非成材不可。

2001年12月，鞍钢集团公司分管生产和环保工作的领导，一纸令下，派鞍钢绿化处处长辛成良，鞍钢矿业生活协力中心经理胡猛、经理助理孙伟，齐大山铁矿副矿长康兆宁，眼前山铁矿副矿长杜大中，鞍钢安环部干事武大伟等"八大金刚"远赴西南贵州铜仁"取经"。2002年1月春节前成行。

往事如烟。但胡猛对那位公司分管领导的批示赋予了历史性的意义："此指示算拉开了矿山大面积复垦造林的帷（序）幕。"

铜仁，古城，原名铜人，相传元朝时有一渔夫潜入水底捞起铜人三尊，故得名。

对于位于贵州东北的地级市，胡猛只听说过早年的那句"地无三尺平，天无三日晴，人无三分银"的谚语，但没去过。

到了铜仁方知原委：人民公社解体后，把田地山林分给了村民，村民们出于某种担心，一哄而上，砍光了山上的原始植被，甚至一些上百年的大树也在"锯光斧影"中纷纷倒下，横七竖八地躺在下山的路边。植被受到空前破坏，生态环境发生改变，当地政府意识到问题的严重性，号召村民植树造林修复生态。

当地的林业部门接待并带领胡猛一行前去现场参观，满目疮痍的山上如同经受外星人的劫掠不久，一个个裸露的树桩周围稀稀拉拉地长着小树，但经验做法已得到国家有关部门的肯定和支持，上了报纸的显要位置，正在各地介绍推广。胡猛他

　　　　　　　　　　　葱茏直上石头坡

们千里迢迢到铜仁来，就是要学习怎样在荒山秃岭上栽树。

多年以后，胡猛的评价得到进一步的验证，公司领导"取经之旅"的决策，前瞻性强，意识超前。

其实，百年矿山的觉醒甚至可以回溯到1990年代末。

还有一位起了决定性作用的人物。

1998年10月27日的《鞍钢矿业》，发表了一篇题为"刘玠总经理对厂容治理提出六点要求"的报道，从中可见端倪：

10月8日，鞍钢集团公司总经理刘玠带领有关部门和基层单位厂长，认真检查了厂容治理情况，针对个别单位存在的治理整顿工作缺乏力度、现场面貌变化不大等问题，对各单位提出六点要求：

一、要继续深入贯彻落实公司党政联席会议和"8·30"大会精神，全面打好"治理整顿厂容现场环境"的第二战役。要利用上冻前的有利时机，对厂区内外环境进行一次彻底清理，消除脏乱死角。10月份，公司将组织一次全面检查。通过检查验收，进一步促进现场治理整顿工作的开展，逐步改善现场环境，确保实现本世纪末进入"花园式工厂"的目标。

二、各单位要按公司厂容绿化的总体要求，认真研究落实本单位的实施计划，要在扒小房、治理脏乱环境的同时，对腾出的空地进行及时清理、平整。11

月末要达到绿化条件，为明年春植打好基础。有得必有失，扒掉的是小房，得到的是绿地。属于固定资产的设施，拆除后残值为零时，再进行账务处理，可以先挂账。

三、要保持治理整顿后的成果。各单位要把对厂区的环境治理和管理结合起来，建立健全检查考核制度，实行划分责任的分区管理，把责任落实到基层、班组和个人。

四、要进一步加强定置管理与色调管理，并把二者紧密结合起来，使厂房内达到干净整洁，色彩明快，物流有序。

五、认真搞好1998年度现场管理"树旗达标"验收工作。公司将在11月组织一次年度检查，希望各单位要事先做好自检自查。

六、各单位要在严格执行环境影响评价和"三同时"制度，杜绝新污染产生的同时，加强环保设备管理，确保正常运行，为职工创造一个安全、文明、整洁、清新的作业环境。

整篇报道，或可以提炼出这样一个中心思想："确保实现本世纪末进入'花园式工厂'的目标，为职工创造一个安全、文明、整洁、清新的作业环境。"

自扫门前雪？

葱茏直上石头坡

但无论怎样，国家工厂环境保护意识的萌芽破土了：

认识全新，将整洁和清新与安全和文明摆在了同等的地位；

时间紧迫——一到两年；

目标高远——花园式工厂，植树、种花、铺草；

标准不低——该拆的拆，该扒的扒，清除脏乱死角，腾出空地，把久违的绿色请进工厂……

刘玠，出生于安徽六安，中国工程院院士。1994年至2007年任鞍山钢铁集团公司董事长、总经理、党委书记。

据"生活协力"所属的绿化分公司经理马德生回忆，一次，刘玠曾鼓励鞍钢矿业的时任经理，栽树种草，绿化复垦，下多大功夫，花多少钱，都是值得的。放开手脚干吧！

2005年，在中国环境文化节开幕式暨绿色中国颁奖典礼上，刘玠接过了国家环保总局颁发的证书，荣获第二届"中国环境大使"称号，成为国内唯一获此殊荣的企业界人士。

而作为环境整治和厂容美化绿化的重点单位和部门，矿业公司也迅速行动起来。刘玠的"六点要求"见报没几天，他们就在东烧厂召开了现场会。时任党委书记在讲话中提出，厂容厂貌的治理是树立企业新形象的先决条件，直接关系到企业的生存与发展，要加深认识，决心要大，目标要明晰，标准要高，责任要清，工作要实，不搞形式主义，不做表面文章，踏踏实实做好工作，早日建成"文明工厂"和"花园式工厂"。

彼时，还不到奢谈企业社会责任的时候，但从"治理整顿厂容现场环境"开始，国家工厂及其国家矿山一步步地踏上了绿化复垦进而恢复生态、创造奇迹的征途。

2001年，矿业公司决定将所属"生活协力中心"和"生活福利处"合并组建新的生活协力中心。同时在新组建的生活协力中心组建绿化分公司，将各厂矿所管辖的绿化服务队划归进来。生活协力中心经理胡猛、党委书记王常谦等决计选派马德生、魏利分别出任经理和党总支书记（在所属7个绿化队全部设立党支部。魏利女士当时只有31岁）。从此，矿业公司扯起了自己的绿化复垦大纛……

多年以后，头发花白的胡猛深有体会地说，在生活协力中心组建绿化分公司是一项正确的决定，这样一来，分工明确，责任明确，自然而然就植树见树、造林成林了，"两级公司领导高度重视大力支持，有这样的氛围，工作能干不好吗？"胡猛说。

眼前山铁矿成立于1960年8月10日，位于千山风景区东北5公里处，距离市中心仅22公里，占地面积1334.65平方米，建筑面积5.1万平方米，截至目前已探明铁矿石地质储量4.3吨，主要矿种为磁铁矿，平均地质品位29.76%。

磁铁矿，系氧化物矿物，晶体常呈八面体和菱形十二面体，黑色，有金属光泽，是矿石中的美男子。古称慈石、磁石、玄石。在中医理论中，认为它有镇静安神之功效，还是传统的中药材。中国古代的指南针"司南"也是用它作为材料制成的。经氧化变成赤铁矿或褐铁矿。

据有关部门提供的资料，至2012年，通过52年的开采，眼前山铁矿实现了从投产初期的"人背马拉"开采，到机械化、智能化、数字化生产的转变，先后推出了生产准时化管理、设备TnPM管理等诸多管理经验和成果，成为全国冶金行业首家通过TnPM管理三级评审的企业。

TnPM，是Total Normalized Productive Maintenance的简称，即生产和设备保养维修体制。是通过制定规范，执行规范，评估效果，不断改善来推进的，以设备综合效率和完全有效生产率为目标，以全系统的预防维修为载体，以员工的行为规范为过程，全体人员参与为基础的生产和设备保养维修体制。

但是，到了2007年，从历史深处走来的眼前山铁矿深采高排、空间狭窄、采剥失衡，逐渐陷入举步维艰的境地。于是决定全面启动"挂帮矿体"和"井下矿体"开采工程建设，正式由露天开采向井下开采转型，建设一座亚洲最大的现代化井下开采的矿山企业。

经过对开采现状的科学分析和全面勘测，探明眼前山铁矿的可利用铁矿资源惊人。2009年8月，设计规模年产铁矿石800万吨，负500米水平以上设计年限29年的眼前山井下铁矿开工建设。

2012年5月30日"挂帮矿体"开采工程投产，设计规模为300万吨/年。

所谓"挂帮矿体"，是指露天底以上，露天境界内开采矿体在境外延伸的部分矿体。露天开采的矿山一般存在挂帮矿体，根据其赋存部位分为端部的上、下盘挂帮矿体。矿体是指含有足够数量的矿石、具有开采价值的地质体。矿体有一定的形状、产状和规模。矿体周围的无经济意义的岩石是矿体的围岩。矿体中与矿石伴生的无用岩石，称作夹石或脉石。

2012年9月15日露天采区有史以来第一次闭坑，遗留下一个负187米的巨大深沟。可谓叹为观止。矿工和住在矿区附近的居民习惯上叫它"眼矿大沟"。它的整个作业面的采场，东西长1.5公里，南北宽0.8公里，占地面积120平方米。据统计，有开采记录以来，"眼矿大沟"共生产铁矿石1.03亿吨，完成采剥总量3.75亿吨。

2016年眼前山铁矿的"井下矿体"开采进入试生产阶段，截至目前下挖竖井最深达海平面以下负695多米，预计到2024年铁矿石产量将按每年800万吨的设计规模达产，成为工艺技术装备国际领先的亚洲最大的露天转井下铁矿山。

"生活协力"绿化分公司成立后的首个项目就是眼前山铁矿的复垦。

当年，在眼前山铁矿排岩场进行的秋植，种植的速生杨到第二年春天，成活率几乎达到100%。此前，绿化分公司在调军台选矿厂的施工，属于厂区的绿化美化，而在眼前山铁矿排岩场却是复垦。

2002年开始，"生活协力"把绿化复垦的主战场开辟到眼前山铁矿。那年天旱少雨，密植的新树苗，从清晨到黑夜，靠人工的力量根本浇灌不过来。站在边坡下的胡猛拿起手机，紧急向上级公司求援，还好，仅 3 天时间，矿上就突击引水线上山，把地表负 187 米以下"眼矿大沟"的矿坑水（其来源为大气降水和地下涌水，由井下集中泵站排至地表储水池内）泵上了山冈。沟水抽干，又把水泵探入了一条从山上流淌而下的自然河——他们在一座简易小铁桥下垒筑了一个水坝，拦截水量，迫使水位上升。"等河里的水抽干了，老天爷也下雨了。"胡猛苦笑着，似乎还记得老天的捉弄。

地表以上 125 米的排岩场，水花翻滚，流水汩汩。

干渴的排岩场始终是复垦的拦路虎。

告急。

救援。

时任经理得知前线吃紧，一次批了十台水车，全力支援。

过了 7 月，某天清晨，山上山下新植的槐树苗忽然嫩芽绽放，漫山遍野大放异彩，光秃秃的排岩场仿佛披上绿衣青衫，辛劳的人们挥舞着粗糙的手，晒得黝黑的脸上露出雪白的牙齿，奔走相告。

平素表情严肃的胡猛也兴奋地攥起了拳头，像足球场边的教练看见自己的球员攻破了对方的大门。

时至今日，还有不少人记得胡猛的那匹"坐骑"——一辆绿色的老捷达，辽 C×××78；他们经常开经理胡猛的玩笑，说他的车牌是"旧堡区（现为千山区）78 号"。

胡猛每天开着老捷达到处跑，早上 5 点多就一路东奔，上班前从田园大厦附近的家先去千山方向的大孤山铁矿排岩场工地，一个来回三四十公里。一天跑三四趟，百八十公里。

时任绿化分公司党总支书记魏利在回忆当年情景时说，胡经理放心不下，四处巡查，看树像看眼珠似的。在他面前，谁都不敢撒谎，他从来都是不怒自威。

魏宏贺在齐大山铁矿绿化队当队长的时候，前一天晚上去亲眼看的现场，等第二天汇报之前，必须再去一趟，因为胡经理一大早肯定走了一遍。他勤快到什么程度，最多一天跑四趟现场，哪棵树倒了，哪个厂房什么状态，他都了如指掌。

那是一个忘我无私的年代，年轻妈妈魏利开着撞得这瘪一块那鼓一块的私家车，早上五点就往工地赶，孩子可怜巴巴地哇哇哭也顾不上，扔给父母带。

有次，她的小车在"东山包"作业时，私车公用，载着同事意外地撞上了胸径 5 厘米的树，打开门冲下车，没顾得上查看保险杠，却扶着受伤的树吧嗒吧嗒地掉眼泪。她想象得到，身后一定有双责怪的眼睛在瞪着她。

她和工地上的人都知道，胡猛经理有一条不成文的规矩：视线之内不许有死树，特别是行道树，必须保活。

胡猛摸索总结出一个经验：

树苗要当天起苗当天栽。这样成活率最高。

　　　　　　　　　　　　　　　　葱茏直上石头坡

小树苗几毛钱一棵，倒不贵，但栽上没活，他就心疼得不得了。

裸根的刺槐树苗，栽在4月初至4月下旬最好活，一旦错过了节气，那就不好说了。

这种认识，这种标准，这种要求，活儿干的全是急活儿，突击，抢工时，猛冲猛打，像他名字里的一个字，而无形中单位时间内的劳动强度也成倍加大了。

春姑娘一来，"生活协力"的办公楼立刻变得格外安静。胡猛有令：各部门只允许留一个人看家接电话，余下的人都上工地。

风大天干，排岩场的边坡之上，人影晃动，到处是拎着小油桶的人（女职工怕晒黑，围着纱巾戴着帽子，只露出一双动人的眼睛）。他们用小刷子蘸上藏红色的防锈漆，刷在刚刚栽下的小树苗露出白木茬的横切面上。他们的胡猛经理就站在一旁，还苦口婆心地说，大家认真点儿，别嫌这活儿小，油漆刷不到位，幼苗体内的水分蒸发了，就活不了了。

会议全在饭桌上开，"五一""十一"不放假。说起当年的做法，胡猛仍坚信是正确的。

没有壮士断腕，安得涅槃重生。成大事者，大多无所畏惧，奋不顾身。

事过多年，刘正春、马德生和赵虹仍对老经理胡猛的较真和智慧赞叹不已。

草坪好看不好种，没经验，请中国农业大学的教授做指导，胡猛亲力亲为，钉个木槽进行种草籽实验，钻进花窖一琢磨上就忘了吃饭睡觉。

　　活石头上长林子，谈何容易？刘正春带人施工的东鞍山铁矿排岩场，地质条件特殊，七八月间雪还没有化净，边坡根儿底下的石头缝里才零上三五摄氏度，胳膊伸进去凉得直拔手。寒气重，树不长，草命短，成活率困扰得他黑夜没觉睡白天常咳嗽。

　　胡猛给他出了一个大招，改种爬山虎。

　　爬山虎堪称大自然的攀岩高手，植物界的"蜘蛛侠"。类似于充满幻想的野葡萄藤，吸附攀缘力极强，具有广泛的适应性和较强的抗逆性，生长速度惊人。

　　刘正春当然知道胡猛看重的是"那东西生命力特别旺盛"。他依计在边坡稍远的地方栽种爬山虎，让它宽大茂密的叶子漫过寒气森森的地带，虎虎有生气地向裸露的边坡生长，进而全覆盖。

　　久经考验的朋友，胡猛和马德生都非常认可他。在众人的心目中，刘正春有经验，能吃苦，做事托底。即使对第一次见面的来访者，马德生也不会吝惜赞美之词，"小春子立了汗马功劳"。马德生要比刘正春大20岁左右，当着陌生人的面也"小春子、小春子"地叫，叫得身材瘦小的刘正春直往后躲，脸通红。

　　当年刘正春雇了不少有经验的农民来帮工种树。每天收

　　　　　　　　　　　　　葱茏直上石头坡

工，他最后一个离开，在边坡上瞅瞅，踩踩。有天，他刚踩下去，脚边的树苗就倒了，他火冒三丈，到了山下，拿起镐把就撵那个栽树的雇工。因为是计件算账，有人就糊弄。"啊，敢糊弄我，把我气够呛。"十多年以后说起往事，刘正春还吵吵巴火的。

胡猛听说了，嘱咐他，对他们要好点儿，你要打人骂人，我就不让你干这活儿了。让他们乐意来，乐意干，才能干好。有病了要预支工钱，不要难为人家。农民会栽树，你当老板的对他们好，他们就会变着法把树种活。劳务费一分儿别短人家的，如果拨给你的资金没到位，借钱也要给人家开工资。开工资的时候先给临时工开，再给在籍的工人开……

有一次在大孤山铁矿排岩场栽树，工钱拨付正在路上，到了月底，刘正春急得抓耳挠腮，最终还是胡猛出手相助，帮他解了围。

本来就有本事的刘正春，心里透明白，凡事岂能有半点忤逆。

胡猛见多识广，到过世界20多个国家和地区，至于国内更没有死角，有的地方还去过好几次。

刘正春心服口服外带佩服的，还有胡猛的为人正派。所以，遇到难题，伙计总是依赖掌柜的拿出锦囊妙计来。

出生在乡下的胡猛，年近七旬，仍口口声声地把"我是农民的孩子"挂在嘴边，因为爷爷是农民，他小时候生长在农村。

刘正春还有所不知，胡猛曾有过这样的经历：1976年至

1977年去盘锦大洼县（今大洼区）做知青带队干部一年。那也是农村。

丰富的阅历，使出身卑微的他有颗智慧的大脑。

胡猛喜欢指挥靠前、冲锋陷阵，可接待领导、来宾和媒体记者时却打怵，往往硬着头皮。

2005年9月的一天，胡猛被电话约到久负盛名的东山宾馆。这座地处台町的宾馆虽不是所在城市最高档次，却是最高接待规格的"钓鱼台"。1950年代以来，不断有莅临的国家领导人在此下榻，当年还是援华苏联专家的入驻场所，时常举办的酒会和舞会，成为繁华的老城区的一道别样的风景。

同来的还有鞍钢绿化处的女处长王丽英。

他们接待的是两个彬彬有礼的日本人。深色外套，没戴眼镜，五六十岁，头发花白。其中一个瘦高。递上名片，简短寒暄，然后讲故事。

富士山人工栽过很多树，一场暴风雨袭来，只有野生的树木和人工种植的树木没有倒伏（胡猛想到鸟儿捎来的草籽、风儿刮来的种子、松鼠在秋天储藏的松塔……），而栽植的树却折断或被狂风连根拔起。胡猛听得仔细，一字不落。事后他对同事说，看来日本人说得对，种与栽是有区别的，长知识！所以，最终只有一个选项，栽树不如种树。

东瀛客说，凡石皆有缝隙有裂纹（胡猛记得当时还反问了一句：花岗岩有裂纹吗），在缝隙或裂纹中，可以种草。但草的种法却不同。

对方谈到了一种新技术：喷播草籽。在排岩场的边坡上扯上可降解的丝网，往丝网上喷泥土和草籽的混基质，不择地形，无须管护，成型速度快，可以最大限度地避免地质灾害的发生。

绕了一大圈，胡猛恍然大悟，讲故事的日本来宾瞄上了我们的矿山绿化复垦工程，要分一块蛋糕，而且是大块的。

胡猛心情复杂。那一刻，他的大脑中或许闪现过大孤山铁矿那个被掠夺了30多年的大深坑。从民族情感上，他无论如何接受不了这种游说。

双方交谈的时间很短，但对胡猛的触动不小，高科技我们有差距，植树种草也甘愿不如人家吗？

两年后，就是南方20个省市发生冻雨灾害那年，胡猛听说南京海河大学掌握了喷播技术，便派赵虹前去洽谈合作，由于天气原因，赵虹还滞留在了机场……但最终他还是力推引进了喷播草籽技术。

车子停在关宝山矿办楼前的草坪一侧，赵虹跳下车去大楼的门口取安全盔。刚才她在车里打过电话，似有人在大楼的玻璃大门口接应。鲜红的安全盔，掂在手上，分量不轻，塑料质感。车子重新启动，转弯，向采场行进。

这几年，在千山东路向千山风景区方向行驶的游客，视线越过田野、沟渠、道路、村庄，会发现左前方海拔200多米的小山上矗立起了一幢类似拉萨布达拉宫的宏伟建筑，那就是在建中的关宝山矿业的主体大楼。

进采场，不戴安全盔，罚款。这些规定赵虹牢记在心。又发现，我们的 SUV 在棚顶也按照要求插上了小红旗。

过了一个隘口，关宝山"双鞍共建绿色矿山复垦示范园"就在路边了。情景似乎与之前我来过时略有差异。

雨季过后，北方干燥的秋天接踵而至。曾经积水的路边水沟，裸露着龟裂的沟底，脚下的道路黄焦焦，走在上面，沙沙作响。干涸水沟的左边，有几个蹲着拔草的人，倒伏的蒿草已经打蔫，半透明的阳光蒸发掉了它的水分。那块刻着红色大字的尖顶巨石，半隐没在灌木丛中。边坡上的绵槐比最初见到时，茂密了些，柔软了些，微风掠过，叶子背面的嫩绿也翻了过来，极像已逝美国电影女明星梦露那个经典的手捂裙摆的动作。

铅灰色的云突然从山头浩荡地涌来。零星的大颗的雨珠滴落而下。

胡猛立在水沟边，与上一次陈国宽攀爬的那片边坡合影。他没有向前走去登顶的意思。

一辆暗红色的解放牌自卸车略作减速。它在有意礼让正与矿山同框的白发老人。

关宝山绿化复垦工程是在一处废弃排岩场展开的。原占地面积 210 亩，分为两级边坡和两级平台。

　　　　　　　　　　　　葱茏直上石头坡

示范园项目计划分两期进行：

一期包括治理区域北侧第一级边坡和第一级平台，治理面积110亩，种植有刺槐2188株、紫穗槐19026株、榛子279株、家杏252株、李子278株、红早酥梨393株、花盖梨394株、磨盘山楂285株，以及栾树（行道树）475株、重瓣榆叶梅475墩；

二期包括治理区域南侧第二级边坡及第二级平台，面积共100亩，种植有刺槐1200株、紫穗槐24086株、五角枫321株、家杏148株、红早酥梨151株、磨盘山楂176株。同时进行削坡工程29274立方米，平整工程23811立方米，修建道路1304米，修筑截排水沟（混凝土砌筑）2245米，进行客土工程46129立方米。

在坡下的一块展板前，头戴鲜艳安全盔、身着工装的生产室主任赵虹手指着喷绘展板，又有模有样地做起了讲解员。

胡猛不住地点头，夸她聪明能干。她脸一红，说自己中学毕业于"海高"（即海城高中，"传统名校"，在当地有些口碑）。

雨没下起来。胡猛执意去地势略高的对面165米平台排岩场看看。

2020年冬，地企双方在平台上举行了共建绿色矿山复垦示范园启动仪式，同时进行了冬季植树活动。秋阳下，一棵棵叶子铁青的磨盘山楂树，长有一人多高，几个着家常衣装的妇女正挥镰割草。去冬种下的银杏、榛子、杏树等树苗也成林了。

地企双方当时的共建活动还制定了规范的《植树标准》，考虑到东北地区的土壤、温度、湿度等环境条件，以及病冻害等问题，选择山楂树、苹果树等存活率高、适应性强、耐粗放管理的树种种植。

流程如下：

1. 苗木摆放。摆苗时把树苗放在树坑中心点位置，树干上有做标记的一面朝南，苗木摆正，舒展根系；

2. 填土。填土到土坨一半儿时，将苗木轻提，然后踩实、填土，填的土不高于树坨3厘米；

3. 做树盘。利用坑边细土在坑沿周围做树盘，以利于存水。山楂树盘、苹果树盘半径10厘米宽；

4. 浇水灌溉。做完树盘后，浇水2至3遍，浇透，达到水完全下渗为止。

胡猛绕着晒得叶子打卷的山楂树兴奋地转来转去，问东问西，赵虹就像课堂上回答老师提问的好学生，仰着团团脸。

排岩场的远处有一个烟囱，胡猛拾起了一个话题。他刚入职时的单位东鞍山烧结厂也有不少烟囱，像擎天柱，飘出的烟尘据说在邻国都检测得到。

"有句话，烟囱要限高，井要限深。烟囱高了，烟随风飘得就远了。井挖深了，都淌你家来了，别人就没水吃了。"

"海那边的民间还组团到内蒙古挖坑栽树……"胡猛思绪万千。

关宝山 165 米平台排岩场的复垦及其左近的绿化，胡猛认为又是一个新的机遇期。

胡猛认为，此前的 2002 年至 2009 年是一个最好的机遇期。鞍钢从 1994 年 12 月 19 日深夜墨西哥爆发的金融危机，到席卷了泰国、中国香港、中国台湾、韩国、日本以及东南亚的 1997 年亚洲金融风暴持续八年的颓势中振作起来，从而有了足够的精力和财力进行矿山的生态整治和生态修复建设。

"只有——有了钱——才能抓——绿化——复垦。"胡猛一字一顿地说。

关宝山绿色矿山复垦示范园开工几个月后，当地媒体和《鞍钢日报》公众号报道了鞍钢集团"从一片废墟到 202 亿的涅槃重生"。报道称，鞍钢 2021 年上半年盈利 202.42 亿元，比同行业增幅 1255.13 个百分点，鞍钢利润总额历史上首次突破 200 亿元。在钢铁行业主要指标排名中，鞍钢集团吨钢利润位列第二，利润总额位列第二，销售利润率是行业平均水平的 2 倍，各项指标连破纪录。

"天时，地利，人和，以关宝山绿化复垦为标志，矿业的生态文明建设进入了另一个阶段。"胡猛这样概括。

掠夺者对关宝山秘密勘察的起始时间与东西鞍山、大孤山等矿山同步。

1911 年 12 月，"满铁"地质调查所的小林胖生和加藤直三在对大孤山铁矿床勘察后的第二天，又在西北方向看到了樱桃园山。樱桃园山因日俄战争之辽阳战役而闻名。山貌呈锯齿状，具有东西鞍山铁矿床的特点。

现今的樱桃园村位于齐大山铁矿的北侧。1651 年由山东拨民，有徐、刘、林、安四姓至此垦殖。后迁来一户翼姓人家，在山坡种植樱桃树，遂之乃名。村庄有 370 年的历史。

在惊叹樱桃园矿床的范围比预想的大得多的同时，两个日本人发现樱桃园矿和周围的其他矿区是直接相连的。

在勘察樱桃园山后，二人顺着延伸的矿床一直往南走，眼前又惊现了一个独立的矿床，也就是关宝山矿（当时叫关门山）。

不过，对关宝山矿藏的详细勘察是在 1915 年，由另外两个日本人完成。他们的调查一直延伸到三道沟、胡家庙。

棚顶插着小红旗的黑色 SUV 离开采场，又返回到矿办大楼前，赵虹再次跳下车，拎上三个西瓜大小的红色安全盔，向一幢职工食堂模样的平顶建筑走去。一面旗帜在半空中迎风飘扬，上写："一盔一带，保护安全。""盔"是指安全盔，"带"是指安全带。

车子驶离矿办大楼前的草坪时，胡猛忽然想顺道去看看鞍千矿业。赵虹满口答应。她始终保持着对老经理的尊敬，姿态像一个女弟子。

后座的胡猛随着车子摇晃身体。他穿着随意，白黑红三色横条花纹 T 恤衫的外面，罩着松松垮垮的褪了色的蓝夹克衫，裤子和鞋子就更随意。饱经风霜的面孔，两鬓斑白，一大撮头发遮盖着额头，岁月的刻刀在他的眼角留下了深深的印记。他的眼神异于常人，透着辨析的光，有一种洞悉的力量。胡须似刚刚剃过，但下颌的阴影处，尚有漏网之鱼。"关宝山是眼前山铁矿的一部分，当年冶金部对关宝山非常重视，都已经排产了，但工程几上几下，一直拖到现在才进行大规模建设。"

从业四十多年，胡猛的足迹遍布大小矿山，在赵虹他们的心目中，他是历史书，是活地图，博闻强记，无所不知。

时任"生活协力"绿化分公司经理的马德生，旧话重提，对自己曾经的上司，也竖大拇指：

"他体贴人、谅解人、理解人，每年年终的民主评议，他都是优秀，100% 的赞同票，十年啊，大伙都给他画钩。"

"他跟大伙处哥们儿，真心为大伙着想。"

"在别人手里摆弄不了的嘎杂子味溜屁，到他那立马捋顺。"

车子经过胡家庙村。古时此地多水，有几个名称中带"湾""泊""河"等字样的村屯可以作为佐证。据不无根据的猜测，这个有着上千年历史的小村落，隐没着楚人的后裔。唐武德年间，一世居襄阳的胡姓将军，因遭贬谪，隐居于此。

从古至今，楚人自有楚人独有的禀性和精神气质。胡家庙村的民风多多少少与邻村有异。

武德是唐高祖李渊的年号，大唐的第一个年号，使用了9 年。

因胡姓较多，村中又有一座雄伟的庙宇，故称胡家庙子。聚落呈片状，面积不大，人口不多，传统作物玉米、高粱、大豆。

有好多年，这个在地域方位上与矿区纠缠不清的小村庄，成为话题中心，甚至是暴风眼。

一个跛脚的狠人，用在十多公里以外最繁华街区开设KTV捞到的钱，蒙蔽和贿赂目光短浅的村民，坐上了"一村之长"的交椅。然后呼风唤雨，恃强凌弱，巧取豪夺，胆大妄为，最后东窗事发，然后锒铛入狱：涉黑涉恶，被判无期徒刑。

谁不知道，他是利用征地扩建和村子搬迁获得巨额财富的。虽然行动不便，但在官场却凌波微步，罗袜生尘，为其抬轿子吹喇叭的文人墨客大有人在，经他绊倒的高官不止一两个，有的还上了头条，至于虾兵蟹将，更是不计其数。

特别提示："村长"犯事的时候，矗立在新址上的胡家庙村早已更名为金湖新村。

尘归尘，土归土。名噪一时的胡家庙村已不复存在。胡猛、陆忠凯、赵虹、马德生、魏宏贺、刘正春他们只是时常说起，大孤山铁矿排岩场"东山包"的绿化复垦曾从这个小村子挖取客土，与之相距几公里外的黄岭子117排岩场也没少前来取土。

俗称"东山包"的大孤山铁矿排岩场的绿化复垦，无疑是胡猛一班人的得意之作。

不过，当时的情况非常糟糕，站在一片乱石荒山面前，谁也不敢想象将来的样子，"没有一点把握"。

负责人陆忠凯在"东山包"工程的建设中可谓厥功至伟。他回忆道："黄岭子排岩场复垦和大孤山矿球团厂厂区绿化工程竣工后三年，我们着手对'东山包'进行治理。我是那个冬天到那里的，一片荒芜，怪石林立，杂草丛生。约有五六吨重的石头遍地都是。周边还分布着多家私人的采石场。情况复杂。大孤山矿给我们派来了德国造的440马力的推土机，配合我们清理现场。"

具备复垦绿化条件的大孤山铁矿排岩场占地120万平方米，工程分为前后两期，各60万平方米的工作量。

大孤山铁矿黄岭子117排岩场绿化复垦的成功做法，在"东山包"得到延续，成立专班，实行工程负责人制度。

在每年的3月初至5月末的季节里栽种树木，其余八九个月时间精心管护。风吹、日晒、雨淋，无处躲避，他们就搭起窝棚。没有火头军，吃饭成了问题，就轮班下山去找饭吃，或是把饭打回来给坚守在山上的人吃。山上没有饮用水，就人人带着瓶装水上山，玻璃瓶、塑料瓶、水壶……各式各样，像学校组织孩子们去郊游。特别是逢雨作业，全身上下从工装到大头鞋，如同洗了泥浆浴，陆忠凯说："回公司坐电梯上楼办事，自己都嫌自己埋汰，何况别人？"

绿化分公司经理马德生也记得当时的情景：

"刚到东山包的时候，放眼望去，就像来到一个飞机场，大平摊儿；大块的石头到处都是，每块起码有三四米高，几十吨重，到处都是，人推不动，车拉不动，没有那么大马力的推土机。"

万般无奈之际，一台瘫痪的二手日本产大马力推土机进入了他们的视野。搬救兵，又找到鞍钢矿业公司领导支持，获批维修资金，终将趴窝的"大力士"修好。

"就像大会战一样，工程 24 小时不停，四周拉上电线，拧上灯泡，不分黑天白夜地打点、钉桩、放线、挖坑、栽树……大伙的决心大，干劲大，那场景，过去好多年了都忘不了。"

从 2004 年冬天着手，2005 年春天开始大面积植树种草栽花，到 2009 年基本建成，历时 5 年。可谓用心良苦。正如摇滚歌手许巍在歌中所唱，"有诗意，还有远方"。

2003 年，鞍千矿业开始在胡家庙村征地，2004 年"东山包"动工，胡猛来了个草船借箭，把胡家庙村搬迁后鞍千矿业挖掘排放的废土引到了排岩场，节省了一大笔购置客土的费用。

还有一些村子里的树，那年冬天一口气拉来 12 棵大树，"挑树形好的拉"，它们现在是"东山包"上千棵树中长得最好的。"不过当时可折腾够呛，连夜挑灯挖坑，地冻硬了，挖不动也得挖……冬天拉回来的树，得赶紧栽上，怕活不了。"绿化分公司经理马德生的眼里放着光，乐呵呵地说着往事，却不像是在说他自己。

2006 年 5 月至 10 月沈阳举办世界园艺博览会期间，胡猛特意派女将魏利去了棋盘山，在吉祥物灰喜鹊阳阳的注视下，她举着照相机到处拍照，世界各地千奇百怪的树种，一个个在暗盒中的胶片上成像。

胡猛心中的梦想是建设一个东北地区果树种类最多的生态园。

这样，仅一期工程，在23万平方米的绿化面积中，就开辟出5万平方米的梨树园2个，3万平方米的李子园1个……

去过新疆的人，都知道那里有个葡萄沟。考察归来的胡猛异想天开地把葡萄沟搬到了"东山包"，穿越园区主路两侧的葡萄长廊总长上千米，远比新疆的那个壮观。

胡猛高调张榜，谁找来一棵新树种，就给谁奖励。

生态园里那三棵核桃树为人所津津乐道。它们原生长在汤岗子农林研究所，胡猛得知后派昵称"辣妹子"的魏利出马，千方百计，千辛万苦，千言万语，对那位笑起来脸上的皱纹像核桃皮似的树主，说了一火车好话，以每棵3000元的价格淘回到生态园。但绿化分公司的"雌雄双绝"之一，却在当时恭敬谦卑得差点儿就低到尘埃里去了。

树冠奇特、花开芳香的龙爪槐曾经很是珍贵稀有，胡猛听说在大孤山铁矿的三车厂有那么几棵，欲罢不能，就磨破嘴跑断腿，锲而不舍，用自培的五角枫作为交换（500棵换1棵），得偿所愿。

两棵垂杨——像柳树一样枝条下垂的杨树，柳树的变异品种，在园内宝贝似的被人侍候好几年，后来被当作企校共建的礼物拱手相送。胡猛委托熊岳的一家杨树研究所，四下跑了好几趟，再没找到那种垂杨……

生态环境得到改善的"东山包"，人类的朋友——野鸡、喜鹊、松鼠等小动物也不请自到。"我们还饲养了野猪、鸳鸯、鹅、鸭子、鸡。"刘正春说。

"东山包"在绿化工人的语境中被说成一块福地，几次国家部委考核选拔干部，都特地来看看"绿水青山"的生态园。

考核组看什么？有明眼人道破了玄机，看企业干部的社会责任感，对党的十八大以来从经济、政治、文化、社会、生态文明五个方面，制定的新时代统筹推进"五位一体"总体布局战略目标的理解和认识，对执行中央的战略部署的决心和行动。相反，如果一个企业的领导唯生产唯利润，他就是片面的、褊狭的，就没有深刻领会"绿水青山就是金山银山"的奥义。

在盘山路上转了一个弯，下坡，正在拓路，左拐，在大门入口亮出通行证，横杆抬起，车子开进了鞍千矿业的厂区。

鞍千矿业是"沸腾的群山"的新生代，在建中的关宝山矿业，目前是"矿山家庭"中最小的一个。

2005 年 3 月，鞍钢按照"高起点、少投入、快产出、高效益"的技改方针，开始了大型采选联合企业的全新建设，第二年 8 月投产运行。

这处鞍钢矿业公司重点打造的精品原料基地，位于城区东北方向的矿区，占地面积460万平方米（其中选矿44万平方米），建筑面积4.89万平方米，包括南采、北采、新区三个采场和一个选厂。矿石生产设计能力每年1500万吨。选矿厂生产采用三段一闭路破碎、阶段磨矿、粗细分选、重选—强磁—阴离子反浮选工艺流程，原矿处理设计能力每年800万吨，每年生产铁精矿250万吨。

"当年建鞍千矿业投资15个亿，还嫌贵，现在算起来就相当便宜了，花150个亿也建不起来，规模太大了。"胡猛唧嚅道。

爬坡。爬坡。胡猛指着山坡上的树，兴奋得像到了游乐场的孩子。窗外掠过一片斜度很大的坡地，连绵的绿草姿态柔软顺滑，胡猛说："这就是用的喷播技术，海河大学来的人，出技术，出材料，就是成本有点高……"

看样子，胡猛几乎是急不可待地想让所有人见识见识这种鲜为人知的复垦工艺了。

一会儿车子开到半山腰的一个平台。虎啸龙吟般的轰鸣声从一栋淡蓝色彩钢板围搭的简易厂房中传来。那是厂房里的机器飞速运转发出的声音。还有一幢淡黄色的砖混建筑。在它的两扇白色塑钢玻璃窗的间隔处，赫然悬挂着喷印在原色钢板上的《中央企业安全生产禁令》。

赵虹在"禁令"下站立片刻，下意识地频频点着头，仿佛是在逐字逐句地诵读着。又若有所思。在企业，安全生产重于泰山，企业的头等大事就是在生产过程中不出现伤亡事故。出了事故，最直接的影响或年薪，或岗薪，罚得人火灼般地肉疼。

在喧嚣的平台上，并不见有穿工装的人走动。

视野开阔，极目远眺，两条长长的全封闭矿用带式输送机，"一条从许东沟来，一条从哑巴岭来"，连接到那栋淡蓝色彩钢板围搭的简易厂房。"把矿石运到料仓，破碎，筛分，磨磁……"

这片东部矿区，至少在20世纪初以前的几十年里是被弃用的，因为开采出的矿石品位低、杂质多、结晶粒度细、难磨难选……而采用"五品联动"模式，解决矿冶工程分治的弊端，由过去的分散、独立开发变为整体的协同开发，使形同废弃地的老矿山焕发出勃勃生机。目前它已建成世界规模最大的贫磁铁矿区，采矿能力从国家"十五"期间的1000万吨/年上升至3300万吨/年，铁精矿品位由63.5%上升到67.5%，铁精矿完全成本下降20%。

"五品联动"的"五品"，即地质品位、采出品位、入选品位、精矿品位和入炉品位，分别对应勘察、采矿、配矿、选矿、冶炼五大工序环节的关键指标。它是一种工程管理模式，即实现五个品位与五大工序的联动与协同，统筹考虑矿石"五品"，从而形成"五品联动"的集成管理模式。

天朗气清。

雨季过后，远处清晰可辨的矿山，像刚刚理过发的小伙子，精神抖擞。赵虹的手指在空中划过迤逦而来的两条长龙，数叨着一道道工序，语气云淡风轻。

据介绍，鞍千矿业的采矿生产，采用穿孔、爆破、铲装、汽车——胶带联合开拓运输方式，两条"长龙"是鞍千矿业在全国冶金矿山系统第一个使用的长远距、高清晰、高倾角、可转向的曲线皮带输送原矿的新工艺。

胡猛突发感慨，矿工为人实在，"过去都叫'矿大头'"，每天去下井，老婆孩儿都不知道能不能再见着。他们不爱说话，闷头就是干活儿。人要是没按点儿回来，"家里人就急疯了"。过去做矿工非常辛苦，拿命换钱，"跟现在没法比"。

说来，绿化分公司副经理魏宏贺对胡猛的菩萨心肠深有感触。

栽树、种草、铺草坪，最重要的是成活率，既不能树等坑，也不能坑等树，树苗多放置一天，成活率就多下降几个点。在浮石遍布的山上挖坑，一转身就可能填上大半，所以为保证成活率，必须采购和栽树闭环运转：什么时候采购来的树运到了作业现场，什么时候就得迅速栽植到坑里。最忙碌的季节，绿化工人时常晚上十多点钟才收工，早晨三四点钟又到了工地。

魏宏贺和魏利负责采购树苗，一次从外地星夜兼程运回树苗已是夜里 11 点，几万棵树苗，等卸完车，连天上的星星都困得眨不动眼睛了。为赶时间，凌晨 3 点运苗车的引擎又发出了轻快的响声。

而对付出的这些辛苦他们又从不"凡尔赛"（不愿意让胡猛知道）。

胡猛很感慨，也很心疼，曾经即兴赋诗一首，夸赞淡泊名利、勤勉工作的职工们。

魏宏贺将那首诗一直宝贝似的珍藏着。他将之视作对他们之间情谊最弥足珍贵的见证。

坐在副驾驶座位上的赵虹一次次转身回望胡猛，嘴里啧啧称赞，对他强劲的记忆力五体投地。胡猛兴致不减，又提到王鹤寿、马宾、孟泰、王崇伦等前辈对鞍钢所做的贡献。

无疑，在胡猛的性格中，有相当一部分英雄主义的情结。一个个榜样犹如人生之旅的一座座灯塔。

"回家以后我做的第一件事就是毁掉了所有的荣誉证书，一件没留。为什么要毁掉？生活重新开始了，必须忘掉过去。来到一片新天地，那些东西都过去了，人不能躺在功劳簿上，况且自己确实做得很少很少……一生自己最清楚做了多少不尽如人意的事，想起来很惭愧，不想在回忆里浪费时间。"

时常感慨的胡猛，回到熟悉的城市，少不了去矿山，去排岩场、尾矿库（坝），那些树木花草早已根植于他的生命里。他还牵挂着乡下老宅种植的两棵核桃树。那树结的核桃不是用来吃的。成熟了，剥了皮，用来搓着玩的核桃。

一枝一叶总关情。离开岗位十多年，胡猛的立场还是站在矿山的。他理直气壮地说：

"没有这些污染源（特指他对付了十多年的排岩场、尾矿库）的治理，处于下风口的地方就没法盖房子，就不能开发房地产，城市的发展就会受到阻碍，老百姓的健康就会受到损害。"

"生态文明建设功在当代、利在千秋。矿山治理不仅仅是国家的事，也与老百姓息息相关。环境改善提升城市的价值。过去矿山附近的房子受粉尘影响没人买，现在大孤山也就是七号桥以南的商品房听说卖得挺好……"

"建了矿业广场以后，'眼矿'的房子就比以前值钱了，居民们就有人不张罗往外搬了，社会效益显现出来了。如果黄岭子排岩场尾矿库不复垦，挡不住刮下来的粉尘，七号桥以南就没法建商品房。建了也卖不动。"

"现在按保守估算，这些年矿山复垦绿化造林总价值要超过10亿元，甚至还多。"

"20年，我们不仅替日本人把当年他们欠的账还了，也把我们自己的账还了。是人类还给大自然的欠账，偿还人类对大自然的亏欠。"

人与自然是生命共同体，人类必须尊重自然、顺应自然、保护自然。为百年矿山二十年坚持不懈的生态文明建设代言，或许没有谁比老将胡猛更具备令人折服的资格，发起人之一，规划者之一，参与者之一，见证者之一，他个人的经历，也是百年矿山大历史的一部分。

日程几经变更，归期再三延迟，但下个周一，胡猛将回到沈阳妻女的身边，回到他所说的那一片新的天地里去。

现场六：

城东偏北

几天来，马德生在殷勤待客。一个老朋友从弓长岭来投奔他。8年前退休以后，马德生立即进入了茫然不知所措的状态，他努力调整，不让自己静下来停下来，但尝试了好久，却无法从对泥土与树木的眷恋中抽离出来。他开着车到处转悠，试图用车窗外的旖旎风光覆盖排岩场尾矿坝的旧风景。他在辽阳的下八会过了差不多一年的隐居生活，又盛情难却，跑到鞍山城南的唐家房镇老友的三间大瓦房住上两年。那里距离刘正春干过的东鞍山铁矿排岩场绿化复垦工地仅有十几分钟的车程。刘正春请他喝酒叙旧，话赶话，说到自己在韩家峪的房子，并力劝他与老伴过去住，"别这一趟那一趟地瞎跑了"。

老折腾也够呛，马德生终于安定下来。总会有人对他的举动拥有一颗好奇心，他就解释说农村空气好，接地气，还可以种种菜、养养花，喝的还是井水，比在城里待着舒服。

弓长岭的那位老朋友也是这样认为的，在马德生寄居的韩家峪一住七八天，走的时候还有点依依不舍。其间，马德生婉

东鞍山铁矿排岩场覆土平整栽树前的现场。时间为 2010 年。

排岩场上建起的生态园，果树成林，绿水环绕。

眼前山铁矿排岩场绿化复垦后在槐林中立的纪念石碑。

曾经的大孤山铁矿排岩场，现如今的小型水稻试验田。

昔日寸草不生的大孤山铁矿排岩场生机盎然。

铺设在大孤山铁矿排岩场的上山公路。

在大孤山铁矿排岩场上建起的葵花园。

眼前山铁矿"矿业广场"——鞍钢矿业建成的第一个职工休闲广场。

拒任何邀请和拜访，一直周到细致地在乡下招待患有肺部疾病的客人。

那天，马德生一大早六点多钟到客运站送了站，回到城里的家取了点东西，马不停蹄地赶来找我了。我是昨天下午接到他的回复电话的。我们约好碰头地点，我开车去接他。

正值早高峰，车水马龙。

道路又在施工，两米多高的蓝色铝合金波纹板围挡占据了大半边车道。在北方，漫漫冬季令人发疯，至少有七个月的时间，日光黯淡，大地枯黄，城市里的积雪清明节过后才渐渐消融，人们的性情也如天气一样阴郁。

有位诗人这样写道：吹气球的老人／憋足一口气／顺着树枝／依次吹出／春草／夏花／秋叶／果实／吸气的时候／一切全都缩了回去／连同温度和颜色

是的，翻转一个角度来看，"吹气球的老人"吹气的时光仅可怜地剩下不到半年，春的左右摇摆，夏的举而不坚，秋的心不在焉，即便如此，这三个匆匆的季节也是这个城市最令人留恋的时光。没有溽热，没有台风，没有霏霏阴雨，没有洪水滔天。而却急三火四地大刨大挖大兴土木大煞风景，城市失序，生活忙乱，韶光抛掷。

设想一下，假如某个夏天，是清晰的而不是模糊的，是安静的而不是躁动的，是顺畅的而不是拥堵的，那又会怎样呢？

在路边，我差点认错了人，一个穿着工装的人捂着口罩，我以为就是要见的马德生。华润万家超市。孤零零的站牌。长满小草的甬路。三三两两的行人。其实穿着白条纹蓝色白领短袖T恤的那位，才是马德生。老头儿模样，立茬短发，白茬胡髭，手里拎了个神秘的黑色烫金字的塑料袋。他终于看到了我在车里招呼他。他横跨过隔离带，紧走几步，拉开右侧的车门，利索地坐在了副驾驶的位置，手往前挡风玻璃指了指，示意我车往前开，在路口掉头。看来他早已琢磨好了去眼前山铁矿的线路。

迎着早晨的太阳，由西向东，从城区驶入矿区，曾经的矿工路，还有人在怀念。城市的管理者将之更名为"千山东路"历经有年，但起码在仍称之为"矿山路"的民众那里，未必是一种令人愉悦的更改。把戏玩过了，往往得到的是不屑和耻笑。

又从娥姐的黄岭子村穿过，陆忠凯他们大战一千天的排岩场，在葱茏的绿意下，温驯而寂静。

触景生情，马德生忆起当年在大孤山铁矿的事。

大孤山铁矿调度室附近有片废弃地，矿长找到马德生。

此前马德生的绿化分公司已经获得了很好的口碑。

马德生答应得干脆，第二天就带人冲了上去。他们先在那片废弃地挖坑，一米粗一米深的坑，挖了好几百个。开采矿石排放的剥岩石，又坚硬，又密实，一个坑，上两个人，至少得挖半天。

接着，用玻璃丝袋子，装上半袋客土（装多了抱不动扛不动，装半袋，勉强搬得动），一个坑一个坑地填上，然后，株行距一米一棵（密植），把小树苗埋进去。小树苗，一根筷子粗细，二三十厘米长，栽进去只露出半拃高的头儿。

矿长背着手看了一圈，心生不悦，面露愠色。

马德生猜出了几分，说，啊，不用现在结账，等明年开春儿了，看树活了，咱们再算钱。

矿长面无表情。

马德生心里明白，矿长一定是不理解他们的这种栽树方式。

第二年的春天，马德生他们栽在调度室外那片废弃地上的小树苗竞相绽放新芽，而且长得很快，时至夏日，有的蹿出两米多高。

马德生电话约矿长，矿长将信将疑，到了那片地，简直不敢相信眼睛里看到的。矿长也直率，说当时确实很不乐意，心想，马德生，钱也没有你这么挣的。那么不大点儿的小树苗，你费劲巴拉地挖一个一米来粗的大坑，戏演给谁看呢？又栽一棵筷子粗细的小苗，你这不是耍人玩呢吗？

马德生说，你那片地除了大石头就是小石头，坑挖小了，客土填得少，水浇了存不住，那小苗扛得过冬天吗？不这么栽，一棵也活不了。

马德生感慨，栽树，也跟处人似的，你对人家好，人家才跟你交心。

矿长后来调任鞍钢矿业安全环保部任处长，马德生说："对绿化复垦工作全力以赴支持。"

在一个路口，按照路牌的指引，车子拐进了千山东路辅路——前方就是眼前山铁矿。

在这条矿区公路的两边，栽植着高大的乔木、伴生的灌木，茁壮而蓬勃。路况还好，但车身的颠簸摇晃已开始加剧。道路的宽度渐渐缩窄成双向车道，车速提不起来，车窗外的景色也骤然改变了画风，千山东路的气派时尚不见了。恍若隔世，是谁在此搭建了20世纪八九十年代布景的摄影棚吗？

厂房连绵，越来越密集。警示牌林立，紧张感陡增。由爆破和挖掘共同诞下的怪胎——奇形怪状的山，黑黢黢，挂满铁锈色。越来越多的荒山秃岭。一大块一大块裸露的废弃地……很难想象，它们几百万年以前的原始样貌是怎样的呢？

车子驶进了成片的矿工住宅区。

车窗外几十栋矿工楼几乎清一色地挂着水泥灰。它们兴建于20世纪六七十年代或者八九十年代，楼层不是很高，最低两层，最高也不过六七层。

它们当中的老辈儿，是那种有外走廊外楼梯的楼房，铁管焊成的栏杆，漆成的天蓝色已经泛白。在别处已经很难见到。

一些旧楼的墙角，还保留着加固改造的痕迹，想必是1970年代海城发生大地震前的建筑。楼头堆放着木头、砖头、石棉瓦、破旧门窗、泡沫地垫等杂物。

矿工楼之间，蜘蛛网似的电线，纵横交错，不规则地悬挂在半空中。

所经过的几栋楼房，无论新旧，都有鲜明的楼牌号，有的楼头还钉着保洁员的公示牌。

葱茏直上石头坡

在 1960 年代和 1970 年代，甚至是 1980 年代的旧楼房中间，几栋幸存的红砖小房还住着人家。或是出于防贼，小房子的四周围着栅栏和铁丝网。一个头发盘起的中年女人正蹲在三个大中小号的塑料盆前用力地拧着什么。她身前的海蓝色单桶甩干机是可以随便就从网上买到的最为常见的那种。从甩干机底座扯出的白色伸缩管搭在了生有地苔的脏水沟旁。

笼子般的院子里，铁丝上晾晒着淡绿花纹的白色上衣、咖啡色的长裤和长耳兔子图案的毛巾等物品。一只棕色卷毛的泰迪小狗隔着铁丝网，双眼惊恐，汪汪直叫。女人呵斥它，又大声说她住的房子已有六十个年头。笼子门外的几丛翠菊转动着紫红色的花盘。

好多人家在楼前屋后辟出了园子：种花或种菜。菜的长势一般。即将进入暮秋的花反而绚烂至极。砖石矮墙内的大丽花格外鲜艳。

举头，可以清晰地看到低矮楼层人家的阳台，养着耐旱的仙人掌科的植物，还有天竺葵、橡皮树。一处临街的院子里，两位老年女性从拎筐里往铺在地砖上的牛皮纸倒出刚刚采摘的头盔形状的蘑菇。

暴露在路边水泥槽中不多的垃圾似乎也说明了什么。

十几个穿工装的男人，坐在路口一家饭店的棚子下，夹着围碟里的小菜，边吃边扯开嗓子说话。

矿工楼因山构建。连接主干道的山坡看似平缓，楼与楼之间的纵向街道，通往斜坡更陡的山上。远远地，可以看见一栋大门紧闭外墙涂成魔芋色和孔雀蓝的三层建筑。在破旧的楼群中，它的格格不入或花枝招展无疑会引来好奇的目光。或者说它更像穿着奇装异服的新潮青年。挂在铁艺大门左侧的木牌斑驳得如同被水泡过，露出灰暗的底色。隔着透视的围墙，眼前山幼儿园内杂草丛生（对绿化队队长陈国宽赞赏有加的赵丽平在这里当过园长）。

在关闭已久的幼儿园附近，有一处别致的小花园，炭烧木的亭子，L形的长廊，空地上零星地摆放着供人休憩的水泥墩。无风。落叶静静地安眠在墙根和角落，人迹罕见。

上午十点钟左右，楼群中的板油甬路零星地泊有价位不低的私家车，偶尔也可见到行人。

紧贴着矿工楼向东延伸的主干道，如同一个自然形成的集市，有些冷清。水务集团的营业厅、公安派出所、矿办大楼、学校以及照相、美发、网苑、农贸市场等功能场所分布在道路两侧。

矿工俱乐部曾经是矿区最热闹的场所。而今是一个大厅式的自由市场。内饰稍显简陋。灯光昏暗，购物的人不多。地势外高内低，仍保持着面向舞台（主席台）的倾斜。

路肩上有几处地摊，卖水果、自产的蔬菜和日常用品。

一张张沧桑的面孔闪过，却少有年轻人的身影。聚在墙角的不是老张老李就是老王老刘，而他们的儿女，大多远走他乡。住在矿工楼里的，只有他们。还有随时准备搬走的人。

风扬起尘土。

藏红色的大型自卸车来回穿梭，几乎不曾间断。

成片的、老旧的、沉寂的、迷失的矿工楼，与巨大的露天采场连为一体。

斜穿过主干道，有一个阿拉丁飞毯似的"矿业广场"。胡猛曾经不止一次地提到过。那是他们骄傲的杰作。

从新世纪的 2002 年的春天到秋天，眼前山铁矿决定在谷首峪村一条自然河畔、矿工住宅楼北侧，兴建一座占地 18000 平方米，集休闲、娱乐、健身、观赏于一体的大型广场，名为"矿业广场"。

过去，那里是成趟的老旧房子、公厕、农场仓库和垃圾堆放的场所。

高秀清，1954 年出生，在 2000 年调任"生活协力"副经理之前，曾担任过东鞍山铁矿办公室主任。2002 年"生活协力"着手眼前山铁矿"矿业广场"工程建设时，选派穆桂英挂帅，让她这位女将出任工程负责人。

转眼已是二十年前的经历，但她仍然记忆犹新：

那年清明节过后十多天，施工队伍就进驻工地现场了。当时作业条件艰苦，春寒料峭，风沙很大，大地还上着冻结着冰。

我们"生活协力"以前主要是管理各个厂矿单位的食堂、浴池和幼儿园，对绿化复垦，特别是广场工程建设，从没做过，所以只能一点点地摸索，边想边干。好在有在齐大山铁矿干过绿化工程的几个人，特别能吃苦，有了一点经验可以借鉴。

原来的那块地方，紧挨着"眼矿"的一条排水沟，夏天水一大就漫上沟沿儿，四处流淌。横七竖八不规则分布的几趟破房子，看着又荒凉又脏乱。

"矿业广场"的建设是多方协同、促进、合作的结果。为改善矿工的生活环境，矿山公司大力支持，资金拨付及时；为全面提升职工的福祉，"眼矿"非常给力，给我们配备了推土机等大型设备——没有它们，还没开春化冻的地面根本平整不了。

施工队人手少不够用，我们招了一些农民工，用了一些外雇工。看到修广场，居民们高兴得不得了，"眼矿"的矿工家属也加入进来，跟我们一起干。

我们越干越有劲，大伙起早贪黑，加班加点，有时星期天也不休息，就想着怎么干好。我们有一些幼儿园的老师，她们是矿里办的幼儿园关闭以后调到"生活协力"来的，手巧，能写会画，这回可派上用场了，给广场建设工程添了不少花花点子：用石子在水池边、台阶上拼了好多好看的鸟的、虫子的图案，还有大字儿。

记得他们跑了好几趟二一九公园，看人家湖边的石头是怎么摆的，琢磨了好几次才做成……大伙的热情别提有多高了。

工程一片一片地干，挖水池，种草籽，不断地向西向东展开；越干心里想得越美，就拓宽了一条林间小路，蜿蜒曲折，矿区的职工们下了班也有地方溜达了。当时的"眼矿"还比较闭塞，与市里衔接得不紧密，老百姓的生活很单调很枯燥。

同时，这样绿化美化就更有层次了。

工程进度很快，只用了几个月的时间。其间，"眼矿"的领

葱茏直上石头坡

导几乎天天都到现场来，看工程进度，提改进意见。我们栽水蜡树种草籽的时候，矿里领导提醒我们，铺上草帘子，把土压实，漏了风不爱活不爱长。

广场修好了，老百姓在树下乘凉，看着他们一脸的幸福，我们心里也特别受用。

在当时的眼前山铁矿领导班子中，1949年出生、身高一米八五的管理副矿长杜大中，年龄最长，个头最高，在由他分工的诸多事务中有一项便是矿区环境的整治。

"起初我们只是在矿区的山坡上道路旁栽了很多树，都是胸径四五厘米粗的柳树杨树。矿山的环境一时间有了改善，但发现'那个地方'（指尚未建'矿业广场'的地方）光秃秃的，不适衬。

"我们的矿区当年住着两千多户，有上万人，环境不好，路是土路，粉尘弥漫，矿工们下了班吃过晚饭没地方溜达——出不了家门，没有休闲的地方。

"'那个地方'原来有两个花池子、一个大客车停车场、一个公厕、汽车队的一个存放配件备件的老旧仓库，还有几趟破房子，胡猛跟我提出是不是修建一个类似于健身广场的场所。我们就向主管的矿业公司请示。经公司领导研究，初步同意了我们的设想。当时资金紧张，投入了60万元，比预算差了一大截子，但矿里决心很大，职工家属又愿意，那就坚决干。胡猛也当场表示，就是零利润，不挣钱，义务献工，我们也要干好。

"大伙的劲头像大会战，礼拜六礼拜天也不休息。我们矿里全力支持，推土机、吊车、铲车……凡是用得上的还有零了巴碎的都支持。矿区居民特别欢迎，卖呆的时候，小了巴去的活儿也都伸手帮着干。

"建成的广场每天吸引了很多人，节假日举行婚礼、合唱团演出，都去那儿。安装的那盏灯最受欢迎，到了晚上，跳广场舞的，都去那儿。那盏灯把矿区的夜晚照亮了，把人也照漂亮了。

"记得全矿区的矿工楼有十几栋，整治环境那些年，小房扒了不少。现在矿上职工少了，以前上千人，现在也就几百人了。"

杜矿长还记得，为移植一棵巨树，矿上动用了一辆起吊重量16吨半的吊车，把一棵树龄四五十年、又高又大的色树（或为枫树的一种），声势浩大地移植进广场。轰动一时。

而利用采场排水系统建立的人工湖喷泉和横贯矿区的景观水渠，成为书写在老矿区生态恢复的一首抒情诗。

在矿业领地兴建的第一个广场，标准极高，配置了在当时还不多见的"大鸟笼"、健身器材、休闲座椅……

时至今日，在广场的那棵大色树下，还成天聚集着上了年岁的人群。

向北走，向左拐，只消几分钟，经过一个没有横杆的铁路道口，就到了采场的边缘。

多年前，眼前山铁矿的露天开采历史性终结，负几百米的

"眼矿大沟"在矿工楼居民的耳畔喧嚣了半个世纪以后，沉寂下来。矿工们的上井下井，也不再像潮汐一般，清晨退潮至采场，傍晚涨潮回住宅区。

失去开采价值的老采场几年后成为新的排岩场。

排岩占地始终困扰着矿山的发展。新世纪初有关部门就提出了一个置换的办法，即将废弃的排岩场、废弃的尾矿库（坝）进行植被恢复，可以用已恢复的 200 亩土地置换 100 亩。但先决条件何其苛刻，只有矿山人心里最清楚。

一辆辆杏黄色、藏红色的自卸卡车络绎不绝地从另一座山，冲下"之"字形的矿区公路，将剥离的岩石和渣土运往并翻倒在"眼矿大沟"的边缘。

采场巨大，矿车渺小，倾倒岩土，如蚂蚁搬家。

每天的 11 时整，一辆民主德国 1965 年制造的"凸"字形墨绿色机车，拉响风琴般的鸣笛，牵引着长长的装满铁矿石的料车，从采场南侧边缘的铁轨驶来。平地风雷动，大地剧烈地颤抖，钢铁长龙呼啸而过，几百米外铁路道口发出的铃声，若隐若现。

流动的火车宛若一柄锋利的剪刀，瞬间剪断了矿工住宅区与采场的脐带，但那一刻，或许，你会在车轮与铁轨摩擦发出的巨大声响中，忘掉或淡化刚刚看到的想到的一切，没有伤感，也没有欣喜。

在矿山住宅区的尽头，即将进入采场的路边，刘正春十八道弯地立在一片小树林的边上。他正手拢着打火机点烟。他穿着跟我们上次见面一模一样的衬衣、长裤和普普通通的旅游鞋。

在来的路上，马德生几次提到"小春子"，我猜是刘正春。果然。

刘正春猛吸了几口烟，将剩下的半截儿掼在地上，用脚尖旋了旋，踩灭。熟门熟路地说，要去125排岩场只能从垃圾场拐上去，其他地方都砌墙封上了，早不通了。他也十多年没来这个排岩场了。

烈日下的垃圾场散发出阵阵臭味。一条林中小路像一团毛线的线头，往山里扯出来。走在林中，如同女画家草间弥生圆点的细碎阴影飘落在头顶、肩头、前胸，凉爽的体感非常明显，与刚才在路边会合时的燥热天壤之别。

沿着缓坡往上爬。

马德生说，这条路好像有三里地。

刘正春反驳说，哪有那么长，一里半地吧。

我恍然大悟，不知不觉，我们已经走在眼前山铁矿的排岩场上。

两个人还在争执，像两个老小孩。

耳边只有吱吱的虫鸣。地方僻静得有些骇人。排岩场在山外的喧嚣中沉寂着。

马德生在任"生活协力"绿化分公司经理前，在矿业公司劳资处做过调配科长和计划科长。刘正春到大孤山铁矿接替他父亲的班，先是在汽车队当木工。两人都是半路出家，投身矿山绿化复垦时还只是菜鸟。眼前山铁矿 125 排岩场的绿化复垦，是"生活协力"成立绿化分公司以来的第一个项目，两人的革命友谊从那时开始。

一边爬坡，马德生一边与刘正春调笑。两人熟得不能再熟，就差勾肩搭背。马德生说，小春子不简单，为我们矿山复垦立下了汗马功劳。

评价不低。刘正春羞涩地咧了咧嘴，晃动着瘦弱的肩膀好像浑身不自在。

路旁的树越来越密，绿荫浓得化不开，夏末秋初，植物们铆足了劲儿地生长。一道道长丝挡在路前，在鲜亮的太阳光下跳动着银色的光点。那是蜘蛛网。刘正春无所顾忌，像战场上英勇的蹚雷战士，冲在前面，挡去那些纵横交错的蜘蛛网。他不太爱惜看上去价格不菲的衬衣。脚下的白色旅游鞋在石头路上崴来拐去，深一脚浅一脚，也无所谓。他对这片山林的熟悉程度已经"闭上眼睛都知道在哪儿"，所以绝无一脚踩空之虞，更不必担心会崴了脚摔个跟头。

一棵刺槐连着一棵刺槐，丛林中小路向两边无尽地伸展。

树与树的缝隙间，隐隐现出村落。

眼前山铁矿的 125 排岩场确实与一个叫谷首峪的村子毗邻。村子有点像离城区更近的胡家庙村，与矿山纠缠不清，且处于城乡接合部，与关宝山、黄岭子、七岭子等 5 个村子和洪台沟、眼前山矿等9个社区瓜连。

十多年前的春天，在这个几乎为世人所遗忘的山村有过重要的考古发现：一村民在耕种时惊动了魏晋时期墓葬里的亡灵。发现从一块可疑的楔形青砖开始，然后是一座砖石圈顶墓，不过考古人员冒雨挖掘数日，排除汉墓的可能之外，没有从已塌陷的古墓中发现宝物。让连日来不断聚集的吃瓜群众空欢喜一场。

矿山的排岩场与村界一路之隔，紧挨着林中小路的右侧就是谷首峪村的原始植被。村里人都知道，那里曾经是一个山沟，矿上经年累月堆起的石头不知何时高过了村子的屋顶。终于，排岩场成为挡在村子北面的一座小山。

刘正春打趣地说，这山上发现过野猪，还有野鸡，还有獾子。

一次，他开三轮车拉几个帮工下山运土，猝不及防，撞上了从草窠里蹿出的一只野鸡，当场就死了，捡起来扔上车，"当天中午就搁锅炖了"。

獾子是挖坑的时候，从谷首峪村那边的大石头缝里"蹦出来的"，"也被工人逮着烀着吃了"，肉他没捞着吃，他们把獾子油给了他。

"野猪可长得肥，溜圆，估摸有200来斤，也不知道在这山上吃什么，吃得嘎肥。"可想而知，最终也成了他们的腹中之物。

上了排岩场，活儿就没有轻巧的，强度大，消耗大，可一忙活起来，吃饭往往就不准时了，吃的也不过白菜萝卜土豆茄子，逮着啥做啥，扒拉到嘴里填饱肚子好干活。有了天上掉下来的美味，野鸡、野猪、獾子之类的，大伙高兴得跟杀年猪过年似的。刘正春说得起劲，但初来乍到的人却不易遇见这些动物。如今，虫子吱吱的叫声此起彼伏不绝于耳，有蝈蝈的，有蛐蛐的，有叫不上名的，还有婉转动听的鸟鸣，还有从来不叫的白色蝴蝶，精灵似的在林中枝叶间跳来跳去。

刘正春刚来排岩场的时候，荒郊野外的，"连待的地方都没有"。他搭了一个铁皮房子，白天挖坑栽树，"晚上在里面猫着。山上蚊子多，往死里咬人。冬天贼拉冷夏天又热得上不来气儿"，苦不堪言。后来他又砌了一个石头房子，条件感觉好多了，最后又盖了一栋正经八百的房子（红砖墙，水泥罩面，坡顶波纹瓦，还美得起了屋脊。窗户的形状也够讲究，上为三角形，下为四方形，撂在一块儿。大门内缩，留出避雨的门厅）。

说着，刘正春往右一拐，蹚过乱蓬蓬的草，来到一幢废弃的砖混建筑前。正如他所描述的，但房子的门窗不见了，四门大敞，像岸上的鱼，张着空洞的大嘴。紧随其后的马德生与刘正春一起唇齿间啧啧有声。

其实，在上山的路上刘正春就气哼哼的了。他一边对马德生抱怨，一边寻找当年引水线上山铺在路边水桶粗的铁管和架在半山腰的变压器。

马德生接茬儿道："我也没看着，让树挡上了吧！"

死寂的排岩场原本荒凉如大漠，没土没水没电，脾气急躁的刘正春一点脾气都没有了。记得那天他正拎了半桶水蹲在坡上浇水，来了一个人，默不作声地到处转悠，接着上前问他，咋样？刘正春正恼火着，不假思索地说，能咋样？没水没电，这活咋干？够呛！他以为是爬山锻炼的，好趣，闲着瞎打听，没往心里去。三天后，水桶粗的水线从山下接上了山顶，接着，又来人把电缆架上了电线杆子，一直接进刘正春的那个铁皮房子……

胡猛闻讯上山来，问刘正春，那天经理说啥了？刘正春一时丈二和尚摸不着头脑，哪个经理？不知道啊？

咱公司经理啊，那天问你话的。

"哎呀，我也没理会呀，是有个人在半拉瞎转悠，他呀？！"

对于当时闹出的笑话，刘正春至今记忆犹新，说出话来满脸的激昂："矿业领导那是真重视真支持啊，那效率，那……要不这活还有个干？"

盖那栋正经八百的房子，刘正春说要感谢胡猛，在排岩场上干活"少遭老罪了"。

排岩场上人工培植的花草树木与谷首峪村山坡上的原始植被大相径庭。低矮的小叶梓椤树（学名槲树）长满了对面的小山坡。由视觉传感转换而成触觉，看着，就如同抚摸着一只绵羊。

当年刘正春在这栋建筑的附近养牛，养猪，养鹿，"兔子不拉屎的地方，有了喘气的"。他一只手握着车钥匙，一只手掐着打火机，时不时抚一下后脑勺，说得异常兴奋。

阳光下，谷首峪村满坡的桲椤叶子仿佛在飘动，一闪一闪，泛着圣洁的光泽……从没见过如此漂亮的山坡。

满山的刺槐绵槐榆树杨树，马德生停下脚步，两眼放光，定定地瞅着。当年排岩场上没有土，一锹都挖不下去，大石头挤小石头，连缝隙都找不着，他愁得睡不着觉。他拉上眼前山铁矿的副矿长杜大忠拎着锹镐四处找土，眼睛都找蓝了。好不容易在一个叫洪台沟的村子，发现了一个大山包，土质不错也很松软。"那也不敢轻举妄动"，他们特意跑到矿业公司计划科翻查了资料，确认大山包在眼前山铁矿的界内，"悬着的心才搁肚子里"，土可取可用。但是，大山包与排岩场之间有一条宽度不窄的河沟，运土车开不过去。怎么办呢？马德生率人连夜拉来两根粗水泥管，推到河沟中间，搭建了一座简易桥，第二天一早，洪台沟大山包的土就卸到排岩场上来了。刘正春说的那只野鸡，就是在拉土的途中"撞来的"。

客土的难题解开了，回填也不敢大意。石头相对少的地儿，填300厘米厚；石头多的地儿，填800厘米。客土填得不到位，小树苗就扎不下根，高成活率就无法保证。

马德生愿意与他人分享在眼前山铁矿125排岩场的那段岁月。他的娓娓忆述，堪比一出喜剧。

他说，刘正春当年威风八面，前前后后换骑了八台摩托，起点还不低，最早的一台就是"黑豹"，然后"雷神""钢铁侠""美国队长"，400、250，全是玩公路越野赛那种摩托车，原装进口，造型性感，非常拉风，绝对花哨。"小春子那牛的，骑的全是翘屁股那种摩托车。"

外表嘻嘻哈哈的刘正春，内心却如此狂野不羁。

不知是羡慕还是讥讽，马德生说当年"小春子"把啤酒当水喝，从来没见他正经八百地喝过水，天天骑着摩托车轰隆轰隆地从山下冲上来。

刘正春辩解着，我喝不了白水，我有肠炎，喝了啤酒胃里舒服。

马德生说，"小春子"后来买了辆美国"福特"，车里装的也全是啤酒，一会儿灌一口一会儿灌一口，每天把啤酒当水喝，把啤酒当饭吃，胆儿大，在山上也不怎么吃饭，喝啤酒就行。

干起活来的刘正春豁得出去。有一次，往排岩场开的吊车吊臂太高，让电线横住了，他二话没说，人猿泰山似的手脚并用爬上吊车，用木杆挑起电线……"怎么也有七八米高，掉下来非摔死不可。"马德生至今还后怕。

在排岩场苦干好几个年头，末了，人晒得黝黑。马德生还当场做了个动作，用拇指食指扒开眼角，"那黑的，拨开鱼尾纹，皱纹里是白的，像文上去的花纹"。

话题自然而然地转到了胡猛。听得出来，老伙计们对他由衷地钦佩。

当年"生活协力"绿化分公司成立的时候，好几个人琢磨经理这个位子（有人以为由此级别可以晋升半格，得知科级仍保持不变，立刻打了退堂鼓），讨论再三，莫衷一是。

最终胡猛提出了人选。他说这个人有两个优点，一是严肃认真，能吃苦不怕累，敢管会管；二是，他干劳资出身，矿山上下人很熟，好办事。要知道，矿山绿化复垦是新生事物，万事开头难，没有公司各部门的支持，那就更难了。

事过多年，胡猛说："生活协力中心在组建绿化分公司时高度重视，选派（出）最优秀最有能力好学向上廉洁自律的干部担任领导，并配备（了）专业技术人员。"

他所说的那个有头脑、懂技术，会干能干的人，就是马德生，外号"马头"。

"马头"非常清醒，新成立的绿化分公司负责区域内的草坪39万平方米、绿篱1.4万延米、乔木16.5万株、灌木41万株、道路100余万平方米。过去矿山没有专业队伍，没有专人管护，没有责任落实，又被那些盘踞多年在矿上晃来晃去的承包商骗得够呛，年年植树不见树，年年造林不见林。死的树比种的树还多。

下决心成立绿化分公司，把各厂矿的绿化队伍划拨过来，一改小打小闹、各自为战，形成合力，形成优势，进而从根本上答好百年矿山绿化复垦这张试卷，让"绿水青山就是金山银山"从生态理念变为美好现实。

但是，组建伊始情况复杂，各个厂矿都往里塞人，塞的什么人可想而知。做了多年劳资工作的马德生人头儿清、情况熟，对各厂矿绿化队的原班人马进行整编，而把那些不符合规定分流来的人挡回去，他说："不是绿化的老人儿我不要，整一些老弱病残的来，那活儿怎么干？没有战斗力，能打胜仗吗？"

面对繁重的工作任务，马德生采取步步为营的策略，以人为本，从抓思想转变、内部管理、建章建制、示范工程入手，工作局面像夏天里的折扇子一样展开。对日常维护工作实行"三定"，即定点、定人、定量，按区域实行责任包干到人；工作中坚持按程序办事，按标准考核，将先后制定的十项管理制度，下发到 10 个绿化队。

在此基础上，他又放出大招，开展"五个示范工程"，即"示范草坪、示范绿篱、示范马路、示范景点、示范绿地"，按月检查评比，以点带面，促进绿化工作水平整体提档升级。他的团队先后承揽了眼前山铁矿"矿业广场"二期建设、眼前山铁矿汽运车间和小广场建设，创造价值 90 万元。在大孤山综合楼环境改造工程中，仅用了 18 天，铺就沥青路面 120 多平方米，种植草坪 1500 多平方米，工程价值达 50 多万元。特别是在冬植中，他不畏严寒，亲临现场，认真分工，严密布置，层层落实各项工作，短短半个月时间，植树 3.3 万株。在全优服务考核工作中，全优率达到 100%。

胡猛说，我就看好这样的马德生。他的简历我清楚，比我小一岁，1953 年出生，中共党员，1972 年到齐选厂，1982 年又调到公司劳资处，2000 年到"生活协力"……"我保护和重用了一些人，也包庇纵容了一些人。但始终坚持一点：用人不

　　　　　　　　　　　　　　葱茏直上石头坡

疑，疑人不用。"

2003年1月出任绿化分公司首任经理，马德生履职十年，先后12次被评为厂（中心）的先进生产工作者、模范共产党员，5次被评为矿业公司先进生产工作者。

马德生或许染指过水墨，在他别致的比喻中，矿山绿化复垦是工笔画，不是大写意、泼墨。走的是真心，下的是细功。

又说，早晚有一天钢铁会有替代品，但克隆一个地球，人类目前还做不到，文明的进程以破坏自然生态为代价，那就得不偿失了。而且，难以逃脱惩罚。

刘正春自顾自地钻进了林子。他在抚摸他栽过的那些树，然后仰头，几棵青灰色树皮的大杨树已经钻天猴似的冲上了天。树与树间，蜘蛛网纵横交错，银色的阳光在丝线上拨动着无声的旋律，细腿花脚蜘蛛卧在它的太极网中，狰狞地窥视着唐突的闯入者。刘正春奋不顾身视而不见，舍身闯过一道道"封锁线"，像个孤胆英雄。

来到一片平地。横七竖八地躺倒着枯树。几十厘米粗的树桩裸露着，一个，两个，三个……刘正春咧着嘴，数着，用脚尖踢了踢，说道："伐的，有人伐的，谁伐的？十多年才长这么粗！"平地上横七竖八的枯树枝明显是从那些被盗伐的杨树上砍下来的。"成材了，盖房子当房梁都能用。让人伐走了。"看得出，他在锥心地疼。

刘正春想起了什么，原地转动环视林子，最终怔在那里，抬手指了指，在两根电线杆搭成的架子上，他记得有变压器来着，也不见了。"大罐子呢？你记得不，三个大罐子，费老劲了从山下拉上来的。"他在跟马德生说话。在平地里一侧，有砖石砌起的平台，空着。

马德生说，在排岩场种树，有了土，没有水，那也是一点招没有啊。大罐子里储存上水，浇水就有保障了。

辛辛苦苦种的树让人偷摸伐了，变压器飞了，装水的大罐子也没了（刘正春有所不知，其实大罐子并没有丢，而是在陆忠凯的建议下，运到了关宝山 165 平台排岩场的绿化复垦工地），又想起上山的途中当年上千米长的水管也没找到，刘正春有点气不打一处来。他开始往坡下走，好像一刻也不想停留了。

他回头。树丛中隐约有什么，刘正春和马德生叫它观礼台，其实是不是叫瞭望台更恰当呢？在这密林深处，人迹罕至，观礼？观什么礼？

我好像忽然明白过来，或许那就是他们的观礼台，那些树，那些人山人海的树，那些树的方阵，那些树的游行队伍，就是他们眼中声势浩大的庆典，他们曾经在台上眺望，接受雷鸣般响亮的掌声和潮水般涌来的鲜花。

二人无语，看上去神情十分沮丧，刚才在钻天猴般的大杨树下，就发现了不少的新坑，刘正春嘀咕着，说是有人挖走了树。接下来又看到裸露着茬口的一个个树桩，无异于伤口撒盐。

刘正春眼尖，在离观礼台稍往北的密林中，他发现了几棵深绿的冷杉，远远地露出坚挺的树梢，高兴起来。那是他亲手栽的，还活着，活得很好，没有被盗伐走，"好像长得还行"。

下山的路上，一块尾矿石上的两个漆红大字又醒目地跳出树丛：槐园。来时，它就在那里，只是刘马二人步履匆匆，不及细究。刘正春钻入树趟子，拨开枝条，让我拍照。他说，这两个字儿还是"眼矿"绿化队书记王春成动手刻的呢。

刘正春感慨，当年这一片刺槐栽得可不容易，栽着栽着没有苗儿了，他就托一个哥们儿去附近的村子联系，哥们儿回话，一妥百妥。等第二天去村子里挖苗，不是一妥百妥，是一妥没一妥，村民阻止他们，两厢差点动手，又找上门来要求赔偿。最后好说歹说，事情才平息下来。

小树苗没有，他们就到处去找卖家，省内省外地跑。绿化分公司副经理魏宏贺，负责选购树苗，开上车天南地北地到处跑，曾经一个月行驶里程达15000公里。其中一次从大连北上沈阳，又折向朝阳，再从辽西开回鞍山，一天开车跑了800多公里，随身携带的两部手机、四块电池，竟然打得烫手自动关机了。四大车的树苗，好几万棵，等运到排岩场已是下半夜了，"又让人连夜卸车，人困得直打晃，一步也迈不动了"。

记得一年冬天，魏宏贺从熊岳好不容易淘弄来了树苗，刘正春虎着脸说质量不好，怕栽卜不活，不接收。魏宏贺气得直掉眼泪，平时的好哥们红了脸。

魏宏贺买的苗是老同学家的（"树苗市场短缺，不找熟人根本买不着"）。在熊岳，为赶时间早些返程，他和几名职工凌晨3

点就到了苗木基地挖苗。大雪过后天奇冷，脚趾在大头鞋里都冻麻木了，"大鼻涕淌挺老长"。他们坚持着将树苗一棵棵挖出来，如数装好了车，见剩下几棵赖一点儿的，魏宏贺就一遭甩上车，没多想，扔了也是扔了，白瞎了，等运到工地现场，刘正春眼毒，上来就看到了那几棵白搭的"次等品"。

魏宏贺百口莫辩，怎么都说不清楚，本来是想多蹭几棵苗，在老同学面前赖了吧唧的，挺掉价的，谁知运回竟这样，他心里真是委屈。

胡猛相信他，安慰他，买苗就得买熟人的苗，知根知底，出问题了找得到主，你买老同学的苗没毛病……

最终，魏宏贺还是把树苗退给了老同学。

事后，犒劳将士，胡猛特意给魏宏贺拎来一瓶珍藏多年的酒（一说是一瓶五粮液，胡猛自己都没舍得喝）拧开瓶盖时，跟其他人说，这瓶酒就让魏宏贺一个人喝，别人别惦记。魏宏贺身材魁梧，一条壮汉，老家朝阳，蒙古族，真的一个人抱瓶将一瓶白酒喝干了，还不摇不晃，嘿嘿地痴笑。

胡猛的眼里，充满爱惜。心中的爱将不能流汗又流泪。酒足饭饱，又让魏宏贺飙歌，卡拉OK表演，在粗犷豪放的歌声中回到一望无际的大草原。

工作中建立起来的友谊，使他们情同手足。魏宏贺说，我要是没干好，胡经理骂我几声，打我几下，踹我几脚，我都不能回。我知道他心里想的什么，为大家好，我就什么也不说了，只能去干好。

刘正春也早已成为魏宏贺的莫逆之交。多年以后，俩人坐在一张桌子上，啃羊排，喝小酒——一人一缸子"千山醇"，有点"度尽劫波兄弟在，相逢一笑泯恩仇"的意思，把那段往事当作段子说给同桌的人听。

下坡路走得快。正午的阳光穿透叶子间的缝隙，野花开得更艳。一只蠕动的蛞蝓，刘正春从路边拾起，又放生。

排岩场的生态已经发生了根本转变。

风吹树叶沙沙响。一路上被刘正春撞断的蜘蛛网随风飘荡，不无著名导演张艺谋执导影片的诡异。

在刘正春曾经飙"翘臀"摩托车的路上，我突然萌生一个主意，问刘正春：如果在"眼矿"的125排岩场举办摩托车越野赛，你报名吗？

又对马德生说：让更多的人知晓它，更多的人来到这里，不是更好更美的事吗？

我们绿化复垦不毛之地的矿山，不就是为了与之和谐共生吗？

矿山自然生态的恢复，道阻且长，疏于管护，毁灭却只在顷刻之间。有道是"十年树木"，谈何容易？

我也开始为那几棵杨树惋惜痛心了。

刘马二人笑了笑，没有回答。

暗中，我用手机的健康APP计算了我们的里程，来回一趟，2623步，1.6公里。二人一开始爬坡时的争执，得出了一个精确的数据。

"生活协力"绿化分公司组建以来的第一个大型工程，历时四个春秋（2002—2006年），给至少1.6公里长的眼前山铁矿125排岩场，披上了青衣衫绿衣裳（仅李子、桃、南果梨等果树就种植了5000多株），矿区绿化面积达到41.3%。

　　然后，马德生、刘正春他们转战东鞍山铁矿排岩场和前峪的尾矿库（坝）、大孤山铁矿黄岭子和"东山包"排岩场……

葱茏直上石头坡

从城西南到城东北

　　鞍钢矿业的崭新一页，是从 1948 年的春天翻开的。时至今日，经过 70 多年的发展、壮大，鞍钢矿业拥有 9 座铁矿山、8 个选矿厂、1 个烧结厂、2 个球团厂、2 个辅料矿山，铁矿资源总量居世界第一位，是我国唯一具有完整产业链的铁矿行业龙头企业。

　　习近平总书记曾用"一部感天动地的奋斗史诗"来形容中华人民共和国砥砺前行的 70 年。70 多年来，鞍钢矿业已经累计生产铁矿石 18 亿多吨，生产铁精矿 6 亿多吨，成为中华人民共和国 70 多年奋斗史诗中最具震撼力、感染力的一章。

　　鞍山解放之初，后方百废待兴，前线急需枪炮弹药。鞍钢复工复产，矿山务必先行。然而，回到人民怀抱的矿山，满目疮痍，千疮百孔。红色政权急需钢铁，一代伟人心心念念，全国人民大力支援鞍钢，从 1948 年到 1954 年，党和国家从大江南北长城内外选派出 500 多名地县级以上领导干部（俗称"500 罗汉"）调入鞍钢。其中有吴波岩等 38 人来到鞍钢的矿山，投身火热的建设之中。1949 年的春天，人民的矿山得以迅速恢复生产，随即，为新鞍钢高炉开工点火，以主人的姿态，冶炼第一炉钢水，输送了第一批铁矿石，向即将诞生的共和国献礼。

1949 年六七月间，鞍钢开工之初，按照年产 50 万吨钢的生产规模，年缺口铁矿石竟有 800 万吨。周恩来、朱德等老一辈革命家先后走进矿山，现场视察，语重心长地对矿工们说："中国人民是任何困难也吓不倒的，要顶住困难，坚持独立自主、自力更生的方针，搞技术革新和技术革命，努力增加产量，给中国工人阶级争气。"矿山人不负使命，仅用三年时间，就将铁矿石产量提高到 1023 万吨，有力支援了国家建设。

时间的时钟指向市场经济初期，鞍钢的矿山系统一度陷入困境，东鞍山铁矿被迫实施分区开采。时任国务院总理朱镕基 1991 年 6 月、1997 年 7 月先后两次视察矿业，明确指出："矿山不是没效益，看你怎么算，今后矿山产量上不去，你的全部效益都没了。不能依赖别人，鞍钢靠进口矿是没有前途的。"

正是在党和国家领导人的亲切关怀和大力支持下，鞍钢矿业广大干部职工振奋精神，顽强拼搏，无私奉献，攻克了贫铁矿选矿的技术难题。

进入新的历史时期，中国钢铁工业经历了一场史无前例的原料困局；钢铁大国连续 26 年稳居全球钢铁生产和消费首位。2022 年，我国累计钢产量达到 10.13 亿吨。同比下降 2.1%，占全球产量的 53.93%。作为钢铁工业的"粮食"，2011—2022 年，国内粗钢产量由 6.85 亿吨增长到 10.13 亿吨，增幅 32.3%，而

　　　　　　　　　　　　葱茏直上石头坡

自产铁精矿在 2021 年之前一直处于下降趋势，进口铁矿石被国际四大矿业巨头高度垄断，铁矿石进口依存度高达 80% 以上。铁矿石供给问题已成为产业安全的重大风险点，严重威胁我国的产业经济安全。

鞍钢矿业立足国家战略、世界格局，以"产业报国"的责任担当，积极保障钢铁产业链供应，对铁矿资源进行系统规划，实施鞍钢第一个资源发展战略，增加国内铁矿石供给，不断放大资源优势，使鞍钢矿业一步步发展成为全国掌控铁矿石资源最多、产量规模最大、生产成本最低、技术和管理全面领先的铁矿行业龙头企业。特别是受工信部委托，牵头编制国家首个"铁矿行业中长期发展规划"，制定国家和行业标准，为构建国家资源保障体系、维护产业经济安全提供了重要支撑，走出一条具有矿业特色的系统创新与全面协调发展之路。

在一片废墟上拔地而起的矿山，开疆拓土，凤凰涅槃，浴火重生，跻身世界一流。

如今，鞍钢矿业按照"占有资源、开发资源、经营资源"的总体思路，明确了"国内全面领先"和"打造世界级铁矿山企业"的两步跨越发展目标，制定了《科技创新中长期规划》《数字化矿山建设规划》等六项总体发展战略规划，构建以资源开发为核心的产业多元化发展格局，一举做大做强了资源产业，目前已构筑起资源优势，掌控资源总量居行业之首。打造出低成本优势，铁精矿完全成本始终保持国内同行业领先水平，矿产量达到 3000 万吨使国产铁精矿首次具备了与国际矿业巨头竞争的实力。同时，形成了技术优势，研发和攻克"提铁降硅""协同开采""地下采选一体化"等多项行业关键技术，解决了半个世纪以来资源开发利用的行业共性难题，形成全流程的绿色生产制造工艺技术，露天开采回采率达到98%，井下开采回采率达到89%，处于国内同行业领先水平。创立了"五品联动"系统创新模式，解决了贫铁矿资源大规模、低成本、高效率开发的瓶颈问题。已拥有国家专利1357项、发明专利311项、专有技术510项。近年来牵头编制国家铁矿行业中长期发展规划，承接29项国家和行业标准制定，已有39项成果获省部级以上奖项、4项成果获国家科技进步二等奖。建立起了具有矿业特色的管理优势，依靠新一代信息技术，开展"智慧矿山"建设，被确立为国家级智能制造试点示范单位，成为国内掌控铁矿石资源最多、产量规模最大、生产成本最低、技术和管理全面领先的铁矿行业龙头企业。也是集勘探、采矿、选矿、民爆工程、矿山设备制造、资源综合利用产业和物流贸易、工艺研发设计、工程技术输出为一体，我国唯一拥有完整产业链的大型铁矿山企业。

在国家"基石计划"中，鞍钢矿业已有12个项目入选，6项已经开工，特别是"基石计划"重点项目西鞍山铁矿于2022年11月16日开工，建成投产后将成为国内规模最大、技术领先、绿色智能、无废无扰动的单体地下铁矿山。

鞍钢矿业制定并实施《鞍钢矿山生态修复规划》，建成了资源节约型、环境友好型的绿色智慧矿山，完成生态恢复面积约 2220 多万平方米，种植乔木 1100 万株、灌木 1580 万株。其中，2020—2022 年完成治理面积 478.23 公顷，2023—2025 年计划完成治理面积 191.11 公顷，复垦绿化率达到同行业最好水平。鞍钢矿业所属铁矿山均被命名为国家级绿色矿山。荣获"全国践行生态文明优秀企业"和"钢铁工业绿色低碳优秀品牌企业"荣誉称号。

以央企的担当，鞍钢矿业不仅经济贡献超巨，社会贡献、管理贡献令人瞩目，还创造了丰富的精神财富。一座矿山，培育了"两代雷锋"。雷锋从矿山走向军营；"当代雷锋"郭明义从军营走进矿山。据统计，1949 年至今，鞍钢矿业荣获国家级劳动模范、先进生产者、全国"五一劳动奖章"获得者总计 37 人，荣获省、市及鞍钢级荣誉称号总计 1269 人，享受政府特殊津贴的技术专家、鞍钢技术专家百余人。一代代矿山楷模的崇高精神挺起了铁山脊梁，形成了具有矿业特色的企业文化以及干部职工独有价值选择和道德追求，一代代矿山人以特有的使命担当和家国情怀，创造了世界铁矿史上的人间奇迹。

一代人有一代人的使命，一代人有一代人的担当。面向未来，鞍钢矿业锚定了引领行业绿色发展的目标。践行绿色发展理念，推进资源全面节约和循环利用，开发先进高效的节能技术，在构建绿色产业链体系上发挥主导作用。坚持全员共治、源头防治，全面推进超低排放改造，打好污染防治攻坚战，为建设美丽中国发挥更大作用。

一切过往，皆为序章

21 世纪初（甚至更早，20 世纪 90 年代中后期），辽宁鞍山矿山绿化复垦的宏伟蓝图就在自醒自觉中徐徐展开了。

持续 20 余年的伟大工程，成千上万人的辛勤劳作，大气、扬尘、噪声等污染源得到根本整治，研发 23 项生态修复专利技术，累计投入 5 亿多元的资金，完成生态修复面积 2000 多平方米，绿化率达 50% 以上，使百年矿山寸草不生的排岩场、沙尘漫天的尾矿库（坝），变成集绿化、观光和养殖为一体的生态旅游观光园。

如果说世界上还有继埃及胡夫金字塔、巴比伦空中花园、阿尔忒弥斯神庙、奥林匹亚宙斯神像、摩索拉斯陵墓、罗德岛太阳神巨像、亚历山大灯塔和中国秦陵兵马俑之后的"第九大奇迹"的话，那么百年矿山的绿化复垦，作为人类文明进程中的壮举，无疑是有说服力的。

无论如何，它是一个奇迹。

"如果只会在平地上栽树，那又叫什么人间奇迹？"——一

建在排岩场上的道路两旁，风景如画。

经过绿化复垦，穿越排岩场的一条道路两旁，树木茂盛，花团锦簇。

绿化工人们在寸草不生的大孤山铁矿排岩场建起的千米绿色长廊。

如果只是栽树，那还是什么人间奇迹？排岩场上惊现"小桥流水"。

格桑花摇曳的排岩场成为健身运动的理想选择地。

夕阳下，织锦般覆盖的大孤山铁矿排岩场，再不见荒凉死寂，而是美得不可方物。

昔日的排岩场变成了花果山，工人们采摘香甜的果实。

在石头堆上栽植的果树连成了片，既可观光，也可采摘。

个绿化队队员曾经写下这样的诗句。

是的，多少人的青春汗水、聪明智慧、信念决心，都挥洒在一座座排岩场和一个个尾矿库（坝）。他们不仅苦干、实干，还创新运用粉尘覆盖剂、柳条筐固坑栽植法、保水保肥树袋种植法、树种优化等方式方法，用巧手给荒山秃岭不毛之地的石头堆，披上了绿衣，穿上了青衫，创造了人间奇迹。

更难能可贵的是，作为因在冶金行业举足轻重地位而至关重要的重工业城市，鞍山在矿山生态建设方面，意识略微超前，起步也比较早。

这或许是一个痛苦的抉择，而非先知先觉或敢为天下先。

伟大的先驱者恩格斯曾经告诫我们，不要过分陶醉于我们人类对自然界的胜利，对于每一次这样的胜利，自然界都对我们进行报复。

人与自然是相互依存、相互联系的整体。对自然界不能只讲索取不讲投入，只讲利用不讲建设。保护自然环境就是保护人类，建设生态文明就是造福人类。

从另一个视角来看，奇迹的创造者们，不仅是矿山生态建设的引领者、参与者、贡献者，还是历史的见证者。当然也是受益者。他们就生活在这座矿山环绕的城市里。

信念、真诚、纯朴、坚毅、果敢，建设者们肩负使命而来。辛勤劳作，洒下汗水，忍受极限，吞咽委屈，直面困惑。

这样一群传递感动和力量的人，有矿山的形态，有矿石的性格，有钢铁的气质，在美丽中国的建设进程中，没有胆怯，没有计较，没有抱怨。

他们所做出的贡献是历史性的，他们给这座城市带来的改变是根本性的，但也不是人人都知晓。

但愿有一天，通过我们的努力，人们有兴趣探究我们这座城市的蓝天、白云、空气、阳光、水、风、雨、雪、视野、环境……为什么会如此立竿见影地得到改善？在历史深处发光的这座城市为什么重新拾回自信，充满希望和活力？每个人在自己的小天地里为什么又与久违的惬意相遇？风沙、尾矿只是偶尔会眯了我们眼睛。我们的烦恼也不会因为 PM2.5 的闯入而更多。一些令人恐惧的职业病、地方病，也不再让我们谈之色变……

习近平总书记在党的十八大报告中说："建设生态文明，是关系人民福祉、关乎民族未来的长远大计。面对资源约束趋紧、环境污染严重、生态系统退化的严峻形势，必须树立尊重自然、顺应自然、保护自然的生态文明理念，把生态文明建设放在突出地位，融入经济建设、政治建设、文化建设、社会建设各方面和全过程，努力建设美丽中国，实现中华民族永续发展。"

矿山的建设，矿石的开采，是人类文明进程必不可少的环节，由于受到生态理念的缺失和作业条件的限制，百年矿山对这座城市造成的伤害是不容回避的现实。对矿山来说，发展意味着爆破、挖掘、开采，破坏山体和植被，损毁野生动植物自然栖息地，征用大片土地，大量排放岩石与渣土，消耗宝贵的水资源和电能……特别是近几十年来，在创造经济快速发展的奇迹的同时，大量积累的生态环境问题，成为明显的短板。

葱茏直上石头坡

据权威遥感调查监测数据显示，截至 2018 年底，全国矿山开采占用损毁土地约 5400 多万亩。其中，正在开采的矿山占用损毁土地 2000 多万亩，历史遗留矿山占用损毁土地约 3400 万亩。

各类环境污染呈高发态势，成为民生之患、民心之痛。人民群众对于碧水蓝天、食品安全、环境优美等要求越来越高，生态环境在人民群众生活幸福指数中的地位不断凸显，环境问题日益成为重要的民生问题。

百年矿山所处城市的百姓，过去盼温饱，现在盼环保，过去求生存，现在求生态。在向地球索取资源的同时，怎样最大限度地降低对生态环境的损坏和伤害，实现人与自然和谐共生的必然要求，建设以资源环境承载能力为基础，以自然规律为准则，以可持续发展、人与自然和谐为目标的生态文明，坚定地走生产发展、生活富裕、生态良好的文明发展之路，是摆在我们面前的一道必答题。

习近平总书记反复强调，环境就是民生，青山就是美丽，蓝天也是幸福，绿水青山就是金山银山；像保护眼睛一样保护生态环境，像对待生命一样对待生态环境，绝不能以牺牲生态环境为代价换取经济的一时发展。

曾几何时，鞍山城区的绿化率高达 60% 以上，是闻名全国的森林城市。抚今追昔，感慨良多，矿山绿化复垦创造的奇迹，对生态的修复、城市的形象和生活的意义，息息相关，重要性更是不言而喻。

人与自然的关系是人类社会最基本的关系。自然界是人类社会产生、存在和发展的基础和前提。人类可以通过社会实践活动有目的地利用自然、改造自然。但人类归根到底是自然的一部分，人类不能盲目地凌驾于自然之上，人类的行为方式必须符合自然规律。人与自然是生命共同体，人类必须尊重自然，顺应自然，保护自然。

实践证明，人类对大自然的伤害最终会伤及人类自身。

矿山绿化复垦的建设者的非凡功绩将在岁月的见证下，越发凸显出意义。

除前文所述，还有许多的人和事，我们要铭记——

——时任眼前山铁矿绿化分公司经理，负责眼前山地区后勤服务、绿化复垦和维护工作的**张世杰**，针对排岩场严重缺土、不具备栽种的恶劣条件，反复研究地质环境和树木生长条件，探索出了一条排岩场绿化复垦的成功之路。工期紧时，他每天工作十四五个小时，被誉为"复垦尖兵"。

——大孤山铁矿117排岩场边坡复垦指挥部副总指挥兼绿化队队长**李树凯**，主要负责现场的技术和安全工作。

大孤山铁矿排岩场边坡，坡面倾斜角度大，条件异常艰苦，不要说栽树，连人在上面都站不住。哪里任务繁重，李树凯就出现在哪里。排岩场绿化复垦工地现场，进入三四月份尘土漫天飞舞，一天下来满身满脸满嘴都是灰。但他时时处处身先士卒，以身作则，复垦3年，攻克无数技术难关。他组织队员们放石，以防浮石、流石伤人，想办法解决固坑、填土、栽树、浇水、成活等难题。他创新方法，安装柳条筐固坑，配合挡土架解决滑坡问题。针对坡陡、无土、缺水的困难，采取人工背土、内铺塑料薄膜、添加保水剂等方法，解决树苗成活率低的难题。并根据现场的地质条件，使用人工蓄水池、铺设管道，再用潜水泵二次提水上山浇水的新办法，解决了树苗无水可浇的问题，从而探索出了一条国内冶金企业边坡绿化复垦工作的新途径，被誉为"示范工程"。

大孤山铁矿排岩场边坡共完成绿化面积3.6万平方米，树苗成活率达到95%以上，超过国家绿化指标十个百分点。中央电视台、辽宁电视台以及鞍山主流媒体相继对他的先进事迹进行了报道。

李树凯，1955年出生，1974年入伍，1980年进入齐大山选矿厂当工人，1998年始从事矿山绿化工作，先后12次被评为厂（中心）先进生产（工作）者、模范共产党员，4次被鞍钢矿业公司评为先进生产（工作）者。

——绿化分公司工程一队队长**周宝权**，先后参加眼前山铁矿矿业广场、齐大山选矿厂和大选厂的绿化工程建设。大选厂工程正值严冬，他天不亮就赶到施工现场，打点、放线、测标高，手脚冻麻了也全然不顾。腿部骨折期间，心里仍牵挂工程进度，住院十几天，腿还没完全消肿，就一瘸一拐地出现在工地……

——东鞍山铁矿绿化队队长**张宗礼**，家住城北对炉，上班一个多小时的路程，早上五点钟从家里出来，晚上六七点钟才回家，风雨无阻。他老家在弓长岭，父亲病重期间，因忙于冬植未能回去看望。父亲去世后，原计划3月份安葬，为了春植，他与家人商量，将父亲的安葬日期改在5月份。大旱季节，东鞍山铁矿绿化队负责东矿及活性灰厂新栽树木的维护工作，由于条件所限，两个绿化队共用一辆水车，他积极协调，交替浇水，人停车不停，白天浇不完，晚上打着手电连夜浇水。

一次接到卸树任务，他和几名职工等到半夜12点多，运苗车回来，卸完槐树苗已是凌晨1点多，5点多钟又带人将这些树苗栽完。紧接着，当晚9点半钟又卸下火炬树树苗，次日又继续栽树，一直干到后半夜3点钟。天渐放亮，下起小雨，他又带领大家连续作战冒雨栽树。一连三天，他也没睡上十个小时的觉。植树一个多月，张宗礼消瘦了三四公斤。

——负责大孤山铁矿绿化区域的绿化队长**孙振刚**，外号"大刚"，主要负责大孤山铁矿厂区内的绿化维护与保洁工作。由于绿化工作季节性非常强，为保证成活率，树苗必须在相应的时间内栽植完毕。为此，他带领绿化队克服时间紧、任务重、人员少、条件差等诸多困难，经常天一亮就来到植树现场，一干就是十几个小时。在春植最忙期间，甚至24小时连轴转，吃住在工地。他艺高人胆大，曾在腰间绑上绳子攀到五六十度的大孤山铁矿排岩场边坡上测尺。

一次，"协力中心"经理胡猛巡查时，发现几棵柳树叶子发黄，并有掉叶现象，当场追责并处罚。孙振刚像身上挨了鞭子似的难受。孙振刚操起随身携带的铁锹，一探究竟（许多绿化队队长都有这个习惯，随身携带一把类似工兵铲的铁锹，以便第一时间发现问题，现场解决）；孙振刚用铁锹翻开树盘上的土壤，一看土壤墒情是不是旱，二看浇水浇得透不透。孙振刚用锹向下挖，发现表层土壤下全是炉灰……他如释重负，起身对胡猛说，这片林子不是我们队栽的。

有年春植，孙振刚的绿化队在大孤山铁矿办公楼北侧创下了4天栽种树苗5000余株的纪录。

4月初的一天早上，风夹着小雨，为了将远道运来的树苗及时栽种，孙振刚凌晨就到现场。细雨中，只见他一会儿指挥钉木桩、拉绑线、打方格，一会儿又带领大家搬树苗、修树盘。雨越下越大，汗水、雨水和泥水顺着他的脸颊往下淌。他的棉衣已被雨水淋透，棉袄上沾满了泥。这时，工友们劝他打把雨伞休息一会儿，他说，队长是面镜，职工是杆秤，要想打好铁，必须自身硬。我不能停下来，工人都在看着我，我不能打伞休息……

那年，大孤山铁矿绿化队春植杨树6600棵、京桃1000棵、柳树1000棵、槐树30000棵、龙爪槐60棵、迎春花100棵，修树盘53000个，安装固定支架6000余个……

——绿化分公司大孤山铁矿绿化队班长**田永刚**，还兼队里的水车司机和机具的维修工作。他每天第一个来到工地现场，检查维护好水车和设备，然后带领全班剪草、拔草、浇灌、植树。一次，借用外单位的泵房有大量积水，他二话没说，光脚蹚入冰冷的积水，冻得浑身发抖，牙齿打战，直至将积水排净接上水带。一次春植，春雨下个不停，怕误时令，他冲在前面，带领大伙冒着冷雨，一气干到晚上6点多钟。此时，又接到晚上卸树苗的任务，他让大部分工人回家休息，自己留下来值班。见卸树苗人手不够，晚上又把自己的儿子找来，一直等到深夜，运树苗的车才到工地，卸完树苗回到家已是凌晨2点。第二天他又照常上班，连续奋战，加上雨淋，他患了感冒，嗓子疼得说不出话来。他母亲因患脑血栓住院，作为唯一的儿子本应去护理，但他扔不下手头的工作，让妹妹去医院照料病重的母亲……

——东鞍山铁矿烧结厂绿化队队员**王先顺**，吃苦耐劳，勇挑重担，出色地完成了各种急、难、险、重工作。春季活性灰厂栽树任务非常繁重，他和8名队员负责活性灰厂行道树的挖坑补栽工作。活性灰厂地处半山腰，到处是石头。他们没有被困难吓倒，天不亮就到现场，面对大石头，用大锤、铁钎、撬杠，砸、凿、撬，一套组合拳……

由于原有的行道树是随地面栽的，修完道路后显得参差不齐。要把这些树从深达1.3米的坑里拔出重新栽种，谈何容易，而且还要保证不伤树木。

王先顺每天早早上山，吃过午饭又马上投入工作，直到天黑才回家。干起活来经常是脱掉棉衣、毛衣，甚至甩掉衬衣，赤膊上阵，硬是把300多棵垂榆重新整齐栽好。

在大孤山铁矿"东山包"排岩场大树移植期间，王先顺的团队顶风冒雪进入现场，只要运大树的车一到，立刻组织卸车、栽树。同时严把质量关，每栽一棵树都要矫正后再填土，使栽下的大树横平竖直，显现出园林景观……

——鞍钢矿业第一个大规模复垦绿化工程历时 3 年。据时任绿化分公司眼前山分公司书记**王春成**回忆，一个冬天下来，工人们在石头遍地的眼前山铁矿 125 排岩场挖下了 10000 多个树坑，来年开春，10000 多棵杨树、槐树又被栽进了树坑，通过精心维护、浇水、施肥，树苗成活率高达 99% 以上。

3 年来，王春成和他的绿化队员们外运客土 13 万立方米，让 49 万平方米的荒山秃岭石头堆披上了新装。

其间，发生了一个小插曲：

到 2005 年，眼前山铁矿排岩场上栽植的树木，全部进入维护阶段。

根据眼前山铁矿地测科的测绘面积和数据计算，3 年来眼前山铁矿绿化复垦植树 50 多万棵。如此惊人的数据，一度引起验收部门的质疑，于是双方一致决定重新测算，但在操作具体方式上，又发生了分歧。来验收的鞍钢监事会表示，检尺，找一块树苗栽植最密的地方测量。胸有成竹的王春成当即表示，用不着，就找栽植最稀疏的地方测量。最终测量结果大大超出上报的 50 万棵。

——东鞍山铁矿绿化队队长**秦玉芝**是"生活协力"绿化分公司唯一的女队长。绿化复垦在各矿全面铺开以后，一旦有的绿化复垦现场忙不开，各矿的绿化队就要驰援。一次，大孤山铁矿复垦现场来了 10 万平方米草坪，自己绿化队的五六十人根本铺不过来。绿化分公司的各队人马闻讯集中到大孤山铁矿绿化复垦现场，场面非常壮观。一天下午正干着活儿，突然下起瓢泼大雨，瞬间浇透了工装。秦玉芝想，铺草坪、栽树苗少不了浇水，莫不如冒雨把活儿干完。她一喊号，冒着豆粒大的雨点儿，大伙抱着草坪、扛着树苗，连水带泥地一直干到天黑下来。队员们互相看着落汤鸡的模样，打趣着，说笑着，一时忘记了周身的疲惫。

多年的媳妇熬成婆。秦玉芝总结出一套植树种草的经验。像铺草坪，头三天必须得灌三遍水，踩实后苗立起来才保活。

——水车司机**张凤岐**有一个人设：一件黑色的羽绒棉服，一条羊毛大棉裤，配上一双深绿色的棉鞋。身穿龙套一出现在冬植的现场，就会立刻引来工友们的目光。这是大孤山铁矿绿化区域的绿化队长孙振刚发给他的。十几年来，张凤岐一直穿着这套工装，转战在各个项目工地，而且成为绿化复垦现场的一道独特风景。

从矿山绿化复垦的第一个工程眼前山铁矿 125 排岩场开始，张凤岐就奋战在赤黄一片的工地上，开启全天候植树会战模式。在眼前山铁矿排岩场，他和工友们曾两天一夜吃住在现场，回填，培植树盘，种树，浇水。在东烧尾矿库（坝）植树的忙碌季节，张凤岐每天运水 18 个小时；到了晚上，尾矿库（坝）上没有照明，他就打开车灯浇水。车灯照射有暗角，他就打着手电筒浇水。2003 年的春天，少云无雨，在大孤山铁矿排岩场栽下的8000多棵树苗渴得打蔫，关键时刻他挺身而出，在水车上几乎吃住了三个月，睁开眼睛就干活，累得体重锐减了15公斤。

脚上沾有多少泥土，心中就沉淀多少真情。

对于那套只发给他一个人的棉服，张凤岐将之视为职责和荣耀。但他笨嘴拙腮地说，老暖和了，老暖和了。棉服给冬植中的张凤岐解决了大难题，"这套棉服不能便宜，但咱没拿它当好东西穿，就是干活儿穿了"。

后来，水车司机当上了负责齐大山铁矿维护的绿化队长。

"领着大伙干，做给大家看。"张凤岐始终没变。

——大孤山铁矿排岩场边坡复垦的春季浇水，原计划用塑料增强管引水，经实验，发现塑料增强管不耐水压，多次开口漏水。工程指挥部决定调整思路，重新铺设管线，却一时找不到焊工。司机**鲁宝成**站了出来，从自家取来氧气、乙炔和焊接工具。副总指挥吴广庆给他打下手，开车换氧气、拉支架。经过两个昼夜和一个白天的作业，共架设供水管线372米，完成焊口80多个；手持焊枪的鲁宝成蹲久了双腿发麻，索性坐在地上焊；飞溅的焊花在他的工装上烧出一个个小洞，他也全然不顾。当天下午，水泵胶皮管突然爆裂（泥浆泵"下巴"漏水），只有把泵房的水抽干才能重新安装，鲁宝成又拿起焊枪，焊接了3个多小时……从此，"小铁人"鲁宝成的名字传遍工地。

——东鞍山铁矿绿化队的班长**谢志津**，原为东矿综合厂的职工，2003年应聘来到绿化队做临时工。

各矿的绿化队在植树种草的忙碌季节，会招聘一些临时工，每月工钱也不算多，能连续干几年的临时工少之又少。

临时工的谢志津爱岗敬业，每天早上五点钟就到单位，来了就忙活，给树木和花草浇水，晚上有时七八点钟才下班。在谢志津的心里，似乎没有"挣多少钱，干多少活儿"这一说，他不仅学会了植树种草，还学会了使用油锯、剪草机、割罐机，一直在东鞍山铁矿绿化队干到退休。11年时间，他的工资从300元、600元到800元、1150元，2014年临回家的时候，才涨上来些。有人问他为什么不找一个挣钱多点的活儿干，他稍作寻思，说出了三个字：舍不得（离开绿化队）。

——2001年调到齐大山铁矿绿化队的**申华**，负责工程和绿化的核算工作。但绿化复垦现场的活儿就没有她没干过的。哪里干活缺人手，她就出现在哪里；起早贪黑在现场忙活，对她已是平常。

一天傍晚，她坐在一辆132货车上护着一车的草坪，路过齐大山选矿厂矿工楼时，冷不丁被婆婆看见了。当时已是下班时间，但活儿没干完，她没下车，摆摆手。接下来发生的事，申华感动至今。婆婆给自己的儿子打电话，老儿子，我瞅见你媳妇跟车拉了一车的草皮，一时半会儿整不完，赶紧回家做饭。

申华的丈夫是公公婆婆的老儿子，在家没咋干过活儿。但从那天开始，她丈夫在家不只做饭，别的家务活儿也干上了，全力支持她的工作。丈夫说，我妈说了，让我家务得干，孩子也得管。

葱茏直上石头坡

绿化复垦最忙那几年，公公有病，她没伺候着，儿子中考，她缺席，这么多年，内心一直有愧疚。

申华的叙事中也有说不尽的美好。

2001年，在齐大山铁矿排岩场绿化现场，有30多名女工，在光秃秃的边坡上她们已经奋战了好几个月，风吹日晒，脸庞变成了古铜色。也没有想到戴帽子和口罩，就把队里发的白毛巾做了个既能遮阳又能擦汗的帽子。而那个帽子就是申华设计的。她说，很像圣诞老人的帽子，能遮阳，热的时候还能当毛巾擦汗。

由于每天抱草坪、扛树苗，弄得一身绿，爱美的女工们就围在一起商量着自己掏钱买身迷彩服。

穿着迷彩服，戴上白帽子，在光秃秃的石头山上，女工们要多漂亮有多漂亮……

开采铁矿所形成的排岩场，在自然条件下分化出100毫米厚的腐殖土，至少需要上百万年。也就是说，人们在开采发掘地下矿藏的同时，如果不能主动地恢复自然生态，那么它就会逐渐被荒漠吞噬，最终变成不毛之地。

人类发展的足迹，每一行都落在了大自然的死亡之路上。人类对大自然的索取和占有，使我们赖以生存的地球受到前所未有的伤害。

或许，人类文明的浩荡进程，势必有伴生物的诞生。能源和资源的开发，城市和工业、农业的发展，等等，都不可避免地会对环境和生态造成损毁和破坏。

但是，相对于大自然的无私、慷慨，人类为羞愧和汗颜寻找的理由，显得那么苍白无力。

好在，有一些矿山生态恢复工程的成功范例让人慰藉和欣喜：

海南莲花山石灰石矿，经过几十年的大肆开采，遗留下6个巨坑，当地将生态恢复工程与文化产业、旅游产业相结合，打造文化景区，建成了海南西部第一个AAAA级景区。

新安江南岸九龙山嘴矿山，曾经是令人伤脑筋的地质灾害点，成为泥石流、山体滑坡和山洪暴发的物质条件，当地因地制宜，建造了一处摩崖石刻景观，获得了"虽由人作，宛自天开"的赞誉。

立足百年矿山所记述的文字，旨在以人文历史地理为坐标，以人与天地自然的关系为经纬，真实还原历史中的镜像，摹写岁月中的情感，细致入微地刻画创造奇迹的人，为他们立传，为他们树碑，为他们扬名，奢望使之成为责任央企高质量、可持续发展的推介书。

蓦然，记起美国自然文学开创者之一、环保主义先驱缪尔说过的一句话：

"如果一个人不能爱置身其间的这块土地，那么这个人关于爱国之类的言辞也可能是空洞的，因而也是虚假的。"

2021年至2024年，写于鞍山城南

大事记

（1998—2023）

1998 · 5 月以来，大孤山选矿厂平整场地面积 3800 平方米，栽植各种花草树木 46000 多株，铺设草坪近 100 平方米。

1999 · 1997 年至 1999 年，鞍矿公司共栽种常绿树 20000 多株，乔木 58 万株，草坪 33 万平方米，造林 474 万株，灌木和藤木 65 万株。

· 鞍钢矿业公司自 1999 年以来，先后投入 1500 多万元，在整治厂容厂貌的同时，不断加大绿化复垦力度。

· 鞍钢矿业公司将齐大山铁矿原生活服务系统的食堂、浴池、液化站、幼儿园和职工宿舍等合并组成生活协力中心。生活协力中心 12 月成立。

2000 · 1 月鞍钢矿业生活协力中心正式运营。

· 12 月底将东鞍山烧结厂、东鞍山铁矿、三车厂、大孤山铁矿、大孤山选矿、眼前山铁矿和矿山建设公司等 7 家液化气站划归生活协力中心。

2001 • 自今年起，把恢复生态绿化矿山的重心转移到复垦工作上来，在尾矿坝造林60万株，在排岩场上复垦造林6万株，两年多来共复垦造林115.6公顷。

• 鞍钢矿业公司制定矿山生态恢复五年计划，预计总投资1310万元，复垦绿地面积373公顷。

• 鞍钢矿业公司拨款260万元造林绿化，进行环境整治。各基层厂矿也自筹资金200余万元，配合总体规划。拨专款50余万元，新建苗木基地。厂容绿化工作取得突破性进展，厂容厂貌大为改观。

• 11月，生活协力中心与矿业公司生活服务中心合并，将矿业公司各单位厂区的道路修筑、清扫、维护、复垦、绿化工程和生产、保产保洁等工作，集中由生活协力中心统一管理。

2002 • 3月12日植树节当天，在大孤山黄岭子排岩场边坡复垦工程举行开工典礼，地企双方的领导为开工剪彩。

2003 • 2月，"生活协力"大孤山铁矿排岩场边坡复垦工程指挥部成立，在黄岭子村安营扎寨，全面拉开复垦工程序幕。

从3月12日至4月19日，大孤山铁矿排岩场边坡复垦一期工程结束，共植树9876棵，完成植树面积3.6万平方米，树木成活率100%，创造了一个奇迹。

葱茏直上石头坡

"生协牌"节水滴灌桶，经多方研制实验成功。大孤山排岩场复垦工程是艰巨而复杂，面对恶劣的复垦坡面，植树很难，保成活率更难。而采用铺设管道浇水维护，不仅浪费，而且投资巨大，按原设计使用水罐设点浇水，涉及部门、设备、人员、资金、安装、移动等诸多环节，无形中又给矿山的正常生产带来压力。复垦指挥部在寻求沈阳方面支持的同时，自己动手大胆实验，采用10公斤塑料桶饮用、医用输液调节器和自行充气装置，终于实验成功了节水滴灌桶。

据2003年7月公布的数据，眼前山铁矿用两年时间，在165米废弃的排岩场建成3.8万平方米的桃树林，在南帮87米废弃采场建成3.4万平方米水土保持示范林，在155米、80.25米废弃排岩场平整场地7万平方米，建成沙棘果和杨树林10.5万平方米，绿化复垦面积达22%。

11月15日，担负矿业公司绿化任务的生活协力中心及其所属厂容绿化公司，结束了在眼前山矿区的冬季植树工作，总计植树33000棵。

鞍钢矿业公司全年种植速生杨和乔、灌木100多万株，绿化覆盖率由2002年的24.8%提高到26.1%。

截至7月，鞍钢矿业公司绿化面积已累计达1720公顷，绿化覆盖率达23.9%，进入全国绿化造林400强。

2004 鞍钢矿业公司以建设节能绿色矿山企业为目标，研究制定《矿山生态恢复治理规划》。自此，鞍钢矿业开始将绿色发展理念贯穿规划、设计、建设、生产全过程，进而形成绿色生产制造一整套技术和管理模式，通过利用铁尾矿改良苏打盐碱地、加强生产用水循环利用、污水实现零排放，实现了资源的循环利用可持续发展。

两年来，鞍矿公司累计投资 6330 余万元，已完成生态恢复面积 482 平方米，种植乔木灌木 370 万株，复垦绿化覆盖率达到 26.1%，居同行业先进水平。

8 月 7 日，据《中国冶金报》报道，由中国矿业联合会发起，冶金、有色、煤炭等行业协会共同举办的"第三届全国十佳矿山"评选揭晓，鞍钢集团鞍山矿业公司成为冶金矿山唯一入选企业。历经十年磨砺，鞍矿公司正向着"建设鞍钢重要精品原料基地、打造世界一流铁矿山"的目标迈进。

齐大山选矿厂平整土地 37000 平方米，栽种草坪 24000 平方米，种植各种观赏树木、乔灌木、绿篱 18.8 万株。矿山绿化覆盖率由去年的 26.1% 提高到 29%，被中国冶金绿化委员会命名为 2003 至 2004 年度全国冶金绿化先进单位。

2005 年初开始，鞍钢矿业公司提出"创绿化复垦品牌，打造绿色生态园"的目标，对位于鞍山市东南方向的71万平方米大孤山铁矿废弃排岩场进行绿化复垦，建设鞍钢矿业生态园。

鞍矿生活协力中心发布了"绿化工作先进（生产）工作者"光荣榜。他们是：

庞宝胜、赵朝财、李恒力、张艳慧（女）、喻亚丽（女）、赵廷权、霍贵成、孟强、申华（女）、洪祥福、印文军、臧兆仁、张凤岐、周玉杰、李成顺、邓红（女）、褚庆堂、刘玉军、王世国、徐大海、王忠宇、王振国、马良、刘富斌、周艳（女）、石福生、王春成、薛鸿雁、陈贵仁、徐福元、刘丽（女）、胡方龙、郝忠庆、周君华（女）、张祥东、邬玉章、徐小梅（女）、钟玉峰、范国君、冯桂芬（女）、张生广、李永久、潘玉全、徐传武、谢志金、张志华、佟德俊、周玉生、崔高宏。

2006　鞍钢矿业公司把资源充分利用、节能减排和矿山生态恢复纳入总体发展规划之中，在全国冶金矿山行业率先提出"坚持绿色发展，建设美丽矿业"的理念，确立了以生态学和生态经济学原理为指导，以协同资源开发利用，促进经济社会发展和矿业建设为方向，绿化复垦、建设复垦、养殖复垦并举的工作思路，将绿色生态理念贯穿到矿产资源开发利用的全过程。

编制矿山生态环境建设规划，确定14个土地复垦项目，划定15万平方公里的复垦面积。中国冶金矿业发展史上最大规模的生态修复工程拉开帷幕。

鞍钢矿业公司在国内率先实施"青山工程"，截至目前，先后投入4575万元，对大孤山排岩场、眼前山排岩场进行场地平整、填土回填和绿化复垦，完成矿区生态恢复面积1000多万平方米，矿区复垦绿化率达43.5%，消除了排岩场的二次扬尘和水土流失。

2007

截至目前，鞍钢矿业公司齐大山铁矿先后投入资金3000余万元，投入人力5万余人次用于绿化复垦。其中采场回填土达600多立方米，栽种各种树木200余万株，绿化复垦率达39%。同时矿区绿化率达91%，整个矿区形成梨园区、桃园区、李子园区、枣园区和排岩复垦区的五大绿化区域。

2008

8月25日，作为今年首批实施的矿山环境治理工程，东鞍山唐家房排岩场植被恢复工程、大孤山铁矿北坡排岩场植被恢复工程、千山区山印子废弃采石场植被恢复工程正式开工。

据悉，今年鞍山将实施的环境治理项目共有7个，总投资3982万元，治理面积将达到156万平方米。

葱茏直上石头坡

从 20 世纪 90 年代中期开始，经过十年治理，截至目前，鞍山已完成矿山复垦和植被恢复 156 万平方米，种植果树、乔木灌木 1000 万株。

截至目前，鞍山综合筹措资金 1.25 亿元，用于植被恢复。其中，齐大山矿区植被恢复项目争取省财政资金 3600 万元，完成恢复面积近万亩，项目已完成并通过省自然资源厅验收。此外，还完成了东鞍山前峪尾矿库、大孤山排岩场北坡、眼前山铁矿、齐大山铁矿排岩场等矿山植被恢复治理项目 5 个，争取国家财政资金 2819 万元，恢复植被面积 149.9 万平方米。

2009 　巩固矿山绿化成果，提出"树不死、草不黄、花常开"的绿化维护工作目标。

完成东烧厂改扩建绿化工程，清运残土、平整场地和铺草栽树总面积 7 万平方米。

在全体职工中开展了"一爱三保"劳动竞赛活动，即：爱我协力，保降本增效，保优质服务，保绿化成果，每日献工一小时开展绿化维护，保护矿山绿化成果。至少有 50000 人次参加劳动，完成维护草坪林地 25 万平方米。

2010 　绿化维护区域大幅拓展，接收由附企公司负责的 300

多万平方米的东烧前峪尾矿库、大球厂选矿分厂、东矿排岩场林带等绿化维护区域。

《矿区生态环境修复技术的研究与应用》科技成果通过辽宁省科技局组织的鉴定，达到国际先进水平。该成果不仅可以提高矿山的绿化效果，也为其他矿山企业绿化复垦工作提供了技术支撑。

2011　《矿区生态环境修复技术的研究与应用》科技成果被评为鞍山市科技进步二等奖、鞍钢重大科学技术三等奖和鞍钢矿业公司科技创新一等奖。

在全国重点冶金矿山企业绿化促进会上进行绿化管护工作经验交流。

全年共种植了各种树木 20000 余棵，栽种草坪 15500余平方米，各种草花 50000 余株，路面、场地 5000余平方米。"大矿""技校""电管处""齐矿""齐选"等绿化工程施工已经竣工，共完成公司绿化任务 380万平方米。绿化工作成果先后迎接国家环境评估、辽宁省环境保护、鞍山市环境保护的检查以及省市新闻媒体的采访和鞍钢宣传片剧组的拍摄等工作。

2012　2 月 1 日，鞍钢矿业公司变更生活协力中心名称为"鞍钢集团矿业公司生产服务中心"。

8 月，"喜迎十八大，中央媒体走进世界 500 强"活动启动，由新华社和《人民日报》《经济日报》等媒体组成的采访团，走进鞍钢生产一线实地采访。鞍钢矿业公司作为第一站，采访团成员先后在大孤山铁矿采场、矿山绿化复垦基地，大孤山"东山包"——鞍钢矿山生态园进行了参观采访。

- 9月26日中国冶金矿山管理创新经验交流现场会在鞍钢东山宾馆隆重召开。来自国家政府部门的领导、全国60多家矿山企业代表和行业的专家共计200多人在会后来到生产服务中心大孤山"东山包"绿化复垦基地参观。

- 加强了矿区绿化复垦，新增绿地37.2万平方米，东鞍山铁矿排岩皮带周边复垦项目得到好评。

- 着手利用矿山的废弃物铁尾矿改良农业的废弃土地——盐碱地，使盐碱地变成有效耕地，实现双重变废为宝，在河北沧州、吉林白城等地种植水稻取得成功。

2013

- 在中国矿业循环经济及绿色矿山、和谐矿山经验交流会上，鞍钢矿业所属鞍千矿业有限责任公司、弓长岭井下铁矿、东鞍山铁矿、眼前山铁矿、弓长岭露天铁矿和大孤山铁矿6家铁矿山，被国土资源部正式确定为"国家级绿色矿山试点单位"。

- 国家信息研究院、国家发改委、省林业局等10余家单位前来参观绿化复垦成果。

绿化复垦成果《矿区生态环境修复关键技术的研究与应用》获得中国冶金矿山企业协会冶金矿山科学技术二等奖。

2015　绿化复垦系统实行责任区和管护项目责任管理。

2016　7月18日由"生活协力中心"变更的"鞍钢集团矿业公司生产服务中心",再次变更名称为"鞍钢集团矿业有限公司综合产业发展分公司"。同年8月1日启用。

创造性实施绿化复垦经济管理模式,开发加工玉米糁子、辣白菜、水果罐头新项目,形成完整产业链,全年自营收入70多万元。

2017　在6月5日第46个世界环境日来临之际,中央广播电视总台央视新闻频道新闻直播间播出系列报道《来之不易的绿水青山》,讲述鞍钢矿业公司建设美丽中国的故事。

8月17日,由中国工程院工程管理学部主办、鞍钢集团承办的"冶金与绿色制造"学术论坛在鞍山举办,与会的21位院士与125名专家学者围绕加快绿色制造、推动冶金行业产业结构调整和转型升级这一主题，进行了深层次的学术交流。

绿化产业的规模化和专业化水平有所提升，其中绿化复垦土地转化为苗木基地，全年移栽树苗 5.8 万棵。

2018　绿化产业收入 3639 万元，预算收费率 99%；出动水车浇灌 1890 台次，除草、绿植管护面积 231.1 万平方米，科学移植树木 62 棵，铁尾矿土壤化利用边坡复垦 10000 平方米。

2019　鞍钢矿业提出：到 2020 年，实现污染源全面可控，烧结、球团、锅炉烟气实现超低排放，尾矿库绿化复垦率达到 95%。到 2025 年，所有矿山都成为全国绿色发展的示范矿山，实现矿区环境生态化、开采方式科学化、综合利用高效化、矿区社区和谐化。

9 月 25 日 2019（第十二届）中国矿业循环经济暨绿色矿业发展论坛人员参观鞍钢矿山生态园。

鞍钢矿山生态园扩大了园区功能建设，提升绿化复垦成果展示影响力。全年完成排岩场、尾矿库及其他场地喷洒抑尘剂 485.3 万平方米。完成公司重大会议和来宾参观生态园接待任务 16 次。绿植维护、清理树篱、草坪 456 万平方米，道路清扫 3224 万平方米，栽植树木 6262 棵，花草 7 万余平方米。

2020

10 月 16 日国家卫健委一行到鞍钢矿山生态园进行实地考察。

11 月 17 日，鞍钢集团正式发布《鞍钢矿山生态修复三年规划 2020—2022》，提出计划用三年时间对鞍钢矿业公司所属的 9 座矿山进行系统性的生态修复。完成治理面积 434 公顷，种植树木 340 万株，实现矿区环境生态化、开采方式科学化、综合利用高效化、矿区社区和谐化目标。2020 年年底完成治理面积 115.7 公顷，2021 年完成治理面积 168.8 公顷，2022 年完成规划中全部的生态治理项目。

"生活协力"参与关宝山 165 排岩场绿化复垦工程具体实施工作，制定完成矿山生态复垦产业、绿色农业工程产业、矿山副产品和固废物资源化综合利用业务改革工作。

"铁矿山排岩场尾矿库生态修复产业化管理"创新成果获鞍钢唯一的辽宁省管理创新成果一等奖，实现新突破。

截至 2020 年底，鞍山地区已有"国家级绿色矿山"9 家，占全省 54 家的 16.7%，位列全省第一位。

11 月 17 日，"双鞍"共建绿色矿山复垦示范园启动仪式暨鞍钢集团 2020 年冬季植树活动，在鞍钢矿业关宝山铁矿一废弃排岩场举行，并为"双鞍共建绿色矿山复垦示范园"揭牌。

　　　　　　　　　　葱茏直上石头坡

11 月 27 日中央广播电视总台到俗称"东山包"的鞍钢矿山生态园拍摄、考察。

2021

12 月，在"加快落实双核战略，建设世界领先资源开发企业"启动大会上确立目标：力争到 2025 年，可绿化复垦率达到 95% 以上，低碳无碳能源消耗每年达到 1 亿千瓦时以上，节能技术与工艺达到世界领先水平，实现资源绿色开发、能源高效转换、固废消纳处置、低碳高效生产。

绿色矿山建设实现关键性突破。坚持绿色低碳发展，打造绿水青山。实施矿山复垦三年规划，治理面积 204 公顷。绿化复垦工作持续保持同行业领先，被评为钢铁工业绿色低碳优秀品牌企业。26 个超低排放项目全部放行。

为纪念 2021 年"六五世界环境日"，中央广播电视总台财经节目中心，围绕"人与自然，和谐共生"主题制作特别节目《绿色答案》，从碧水、蓝天、净土、生态修复、生态乡村、碳达峰碳中和六个维度，呈现一个新时代的绿色中国。在 6 月 8 日播出的第四集《大地疗伤，生态修复》中，介绍了鞍山矿山生态修复的成果和经验，整个节目时长 30 分钟。

2022

3 月 31 日，鞍钢矿业公司 2022 年第一期 2 亿元中期票据在银行间市场发行。此中期票据为全国铁矿行业首单绿色债券，期限 3 年，票面利率 3.38%，募集资金将全部用于环保设施及技术提质改造，助力该公司践行"双碳"战略，加快转型升级，实现绿色发展。

- 9 月 6 日，央视《新闻联播》在片尾《大美中国》的"辽宁篇"中，将两个鞍钢矿业复垦绿化示范园向全国观众展示。

- 9 月 20 日，鞍钢集团矿业公司召开一流生态环境指导意见发布暨生产服务中心现场推进会，发布并解读公司"一流生态环境"指导意见，推介生产服务中心生态环境管理经验。

- 矿山复垦三年规划圆满收官，累计治理面积 488 公顷，绿化复垦持续保持国内同行业领先。

- 8 月 14 日，央视新闻频道《新闻直播间》在《美丽中国新画卷 守护绿水青山》栏目中，以"'植'此青绿 百年矿山的绿色蝶变"为题，介绍鞍钢矿业大力开展绿化复垦工作，推动绿色矿山建设，打造一流生态环境，以至矿山披青绿，生态发生巨大变化。节目时长 4 分 11 秒。据报道，鞍钢矿山采场区域大气质量达标天数，首次实现历史性突破，优良天数达到 329 天，生态恢复面积超过 2300 万平方米。

葱茏直上石头坡

2023

7月，鞍钢矿业发布《2023—2025矿山生态修复规划》。计划用三年时间，对7座矿山进行系统性生态修复，完成治理面积191.11公顷。

确立"建筑复垦，绿化复垦，养殖复垦，矿区美化"的工作思路，确定"实现矿山绿色化，厂区景观化，植物多样化，最终形成稳定的森林植被系统"的远景目标，成立我国铁矿行业首个生态修复研究中心。

新华社连续发布鞍钢矿业开展绿化复垦的短视频，回顾鞍钢矿业20年来走过的艰辛路，以及几代矿业职工接续奋斗的绿色成果，引起全国的关注。据最新公布的数据，截至目前，鞍钢矿业已完成矿山生态修复3800余公顷，复垦率达到91.6%。16座矿山被授予"国家绿色矿山"称号。大孤山休闲旅游园、眼前山绿色采摘园、前峪尾矿库苗木培育园三个生态园区被授予"国家绿色矿山示范基地"和"中小学研学基地"。

据12月25日消息，还百年露天采坑原貌，鞍钢矿业大孤山铁矿露天采坑生态修复工程启动，以使这座百年露天采坑逐步恢复到开采前的原始地貌，打造鞍钢集团生态文明新名片。

主要参考文献

1.《鞍钢史（1909—1948）》（解学诗 张克良编）冶金工业出版社 1984 年 12 月第一版。

2.《昭和制钢所二十年志（1918—1938）》（内部参考资料）鞍钢史志办公室。

3.《满洲开发四十年史》（上下卷）［日］满史会编著 东北沦陷十四年史辽宁编写组译。

4.《鞍山地名词典》（1994 年，哈尔滨地图出版社出版）。

5.《广州日报》第 5 版，2007 年 11 月 26 日。

6.《鞍山工人》第 22、23 期 2003 年 6 月 26 日。

7.《绿化复垦创新业 生态修复谱新篇——绿化复垦美化矿山专辑》2005 年 8 月 22 日。

8.《铁山脊梁——鞍矿典型群体事迹汇编》2004 年 5 月。

9.《习近平新时代中国特色社会主义思想三十讲》中共中央宣传部编写 学习出版社出版。

10.《鞍钢矿山生态修复三年规划（2020—2022）》。

葱茏直上石头坡